Elogio del insomnio
La no-vela de uno que vela

Alberto Ruy Sánchez

Elogio del insomnio
La no-vela de uno que vela

GIROL SPANISH BOOKS
P.O. Box 5473 LCD Merivale
Ottawa, ON K2C 3M1
T/F 613-233-9044 www.girol.com

ALFAGUARA

D. R. © 2011, Alberto Ruy Sánchez
D. R. © De esta edición:
Santillana Ediciones Generales, S. A. de C. V., 2011
Av. Río Mixcoac núm. 274, col. Acacias,
México, 03240, D.F. Teléfono 5420 7530
www.alfaguara.com/mx

El autor agradece al FONCA su apoyo
para la realización de este libro.
ISBN: 978-607-11-1290-3

Primera edición: septiembre de 2011

D. R. © Diseño de portada: Luis Rodríguez
D. R. © Fotografía de portada: Mariana Ugalde
D. R. © Fotografías: colección del autor y Daniel Mordzinski.
D. R. © Diseño y composición tipográfica: Angélica Alva

Impreso en México

Uno
Elogio de ese insomnio

Recorriendo su tela
esta luna clarísima
tiene a la araña en vela.
José Juan Tablada

1. Mi regalo nocturno

El que tiene insomnio sueña que está despierto.

FRANCISCO HINOJOSA

Desde que tengo memoria llega un momento cada noche en el que todos duermen y yo sigo despierto. Comienza entonces a caminar, casi arrastrándose, un tiempo mucho más lento que todos los demás. Y lo disfruto siempre como si recibiera un regalo inesperado. Un don sorpresivo hecho de instantes encadenados y reproduciéndose. Minutos convertidos en horas maleables y placenteras. Un concierto de sensaciones intensificadas.

Si me hubieran dado a elegir no sé si hubiera pedido que me dieran esto: tiempo. Un pedazo del tiempo de la noche. Pero tampoco podría haberme imaginado que este obscuro fluido de instantes tendría la extraña cualidad de convertirse en tantas cosas inesperadas y agradables. Muy probablemente ha sido mi escuela de iniciación a una vida, a los estímulos profundos que vienen de los sentidos. La noche es el reino de los sentidos. Hasta la vista, en la obscuridad de la noche, se agudiza y se transforma convirtiéndose en visión. Eso que llaman, a veces tan despectivamente, hedonismo, y que no es más que prestar atención a la importancia del placer sensorial en la vida, tiene en el insomnio feliz uno de sus territorios de plenitud.

Soy consciente de que para algunos este tiempo no es tan maleable y placentero. Lo consideran un regalo envenenado y fatigoso. Lo llaman con inmenso respeto "el insomnio". Casi como si dijeran Don Insomnio. El cacique de sus noches sin sueño. Una pesadilla. Lo padecen en vez de gozarlo y hasta buscan "curárselo".

Para mí es como una corriente de agua agradable en la que nado, me sumerjo, contemplo sus profundidades pero también a través de su claridad, contemplo el cielo. Y es al mismo tiempo un río de presencias donde todos los tiempos y espacios son posibles. Un flujo en mi cuerpo. Creo que si yo dejara de tenerlo me sentiría radicalmente desfigurado y hasta mutilado.

¿En qué se me convierte este tiempo? Como los demonios, en Legión. En una pluralidad de presencias que me hacen sentir que mi soledad nocturna está poblada. A veces hiperpoblada. Y ésa es una diferencia radical con quienes dan testimonio de sufrimiento: se sienten solos, aislados del mundo que duerme. Para mí, esa soledad es la condición para poder sentirme cerca y disfrutar a mucho más gente que me rodea felizmente en otros momentos de la vida.

Los sonidos de la noche mezclados con los de mi sangre me ofrecen una música tenue, una alegría tranquila. Al extenderse en la obscuridad esa música puede cambiar su intensidad y parecer un oleaje o una lluvia tropical. Pero siempre regresa a su calma. Es el ritmo de la noche que, no sé exactamente desde cuándo, se me convirtió en un ritmo de palabras. Mis insomnios están poblados de diálogos imaginarios, lecturas, invenciones, presencias, poesía. Pero también, lógicamente, de sonidos intraducibles.

Sucede algunas veces sin que pueda darme cuenta. Sobre todo si escribo o leo. Porque estoy entonces en otras horas y sitios, ahí donde las palabras me conducen. Pero con más frecuencia tengo conciencia de mis desvelos. Por lo menos parcialmente. Y gozo el privilegio de tener más tiempo y más calma. Entonces escucho y toco la extensión de la noche: el silencio que se llena de un canto hecho de ruidos lentos y dispersos, la humedad que aumenta y enfría levemente el aire. Sensaciones que se tejen suaves sobre el cuerpo y van echando sus raíces piel adentro.

Caricias profundas que comunican mi sonrisa de esta noche con la del niño que, en otra noche como ésta, vela también y descubre por primera vez el canto nocturno de los insectos. Así recuerdo y revivo en la sombra de la sombra un estado de ánimo flotante, una enorme disponibilidad a la felicidad.

Comienzan entonces los "diálogos con mis fantasmas", las escenas que todavía no son sueños pero tampoco son ya las cosas del día. Pueden vivirse de pronto los encuentros deseados largamente. O llega el momento de decidirse a tomar el reto de los pequeños y grandes contratiempos de la vida y esa decisión se convierte con rabia en una épica personal: una batalla. Se instala suavemente el goce de las cosas lejanas que de pronto parecen estar en la mano. Un aluvión de nuevas realidades que poco a poco se condensan y van tomando cuerpo de palabras. Algunas de ellas llegarán, tal vez, a ser contadas como historias o cantadas como poemas: habitarán de manera explícita o implícita, tal vez, los márgenes de algunos libros futuros. Incluso podrían surgir en los diálogos del día siguiente con los vivos. Y como sea que reaparezcan luego, esas realidades fluyen desbocadas en el pliegue interno de la obscuridad del insomnio como un día especial, distinto, formándose dentro de la noche.

Desde niño sentía la lentitud nocturna caminándome por todo el cuerpo. Era como un soplido suave e interminable que me tocaba de los pies a la cabeza y de regreso. No recuerdo haber sentido nunca desesperación o impaciencia ante la extensión de ese tiempo. Navegaba en la noche como en el vientre de una ola interminable, como si estuviera en un túnel de agua donde todo y nada sucede. Y el mar estaba fuera de mí y también adentro: era mi cuerpo unido a la obscuridad, diluyéndose muy poco a poco en ella. Y no era un sueño.

Así, desde que tengo memoria una buena parte de la noche es sólo mía. Recuerdo la sensación del silencio nocturno de cada casa en la que he vivido. Casi de cada una en la que he pasado la noche. Porque cada casa tiene su voz, su respiración, su manera pausada de estar en la penumbra. Hay quienes buscan en la recámara donde duermen un total aislamiento. Yo trato de percibir, al contrario, los pasajes de luz y sonidos que cada lugar establece con su entorno. Y, con frecuencia, me gusta quedarme en hoteles que habitan la ciudad con decidida diferencia. No aislados sino todo lo contrario. Recuerdo una noche especialmente calurosa en Sevilla. Magui y yo nos leíamos en la cama algún libro que habíamos comprado por la mañana y nos entusiasmaba. Estábamos una planta por arriba de la calle y teníamos la ventana abierta con una reja llena de plantas y flores. Al pie de ese balcón, ya muy tarde, se abrió un lugar de venta de vinos y escuchábamos todas las conversaciones que se mezclaban con nuestra lectura. Los diversos acentos andaluces, los dichos, las personalidades de cada uno de los bebedores estaban llenos de gracia. El conjunto era desde el inicio una composición vital inolvidable.

En Madrid, por ejemplo, un hotel de muy pocas estrellas plantado en plena Puerta del Sol, el viejo Hotel París, me gustaba por la manera en que la plaza a sus pies murmuraba y llenaba los cuartos que daban hacia ella. Supuestamente había sido el primer Gran Hotel de Madrid, preferido de Valle Inclán, de Rubén Darío y Amado Nervo, según decía una placa en la entrada de ese edificio antiguo de grandeza caída. Me gustaban especialmente los cuartos bajo el anuncio luminoso del jerez Tío Pepe, que desparramaba su luz de neón sobre la yesería como una espontánea pintura efímera. Y me gustaba ver luego cómo el sol se iba comiendo esa luz por la mañana un tiempo largo antes de que despertaran quienes tenían como trabajo apagarla. Un hotel desaparecido que me ha dejado con cierta orfandad urbana cuando me quedo en Madrid.

En la Finca Rosa Blanca de Costa Rica, de nuestros amigos Glenn y Teri, un hotel que es literalmente una pequeña obra de arte, la orquesta de pájaros e insectos que habitan y pasan por el jardín tropical que rodea cada cuarto, las oleadas de olores florales y frutales sumadas a la visión de los cafetales al pie de la colina por donde sale el sol, son parte indisoluble de la experiencia de dormir y despertar ahí. Para descubrir con la luz del amanecer, si se ha llegado de noche, que el espacio mismo de cada habitación, la herrería de sus balcones, los cuadros, la carpintería, los azulejos, son creaciones del artista que es Glenn Jampol, concebidas como ámbitos protectores y ecos dentro del ámbito mayor de esa naturaleza desbordada. Me da siempre la impresión de que quien tenga que cerrar las ventanas y las cortinas para dormir y se aísle de las sensaciones de ese amanecer se pierde más de la mitad del viaje.

El insomnio sin duda acrecienta la conciencia de las cosas y seres que forman el entorno urbano, marino, campestre, selvático. Pero también la conciencia de lo que forma el interior de la propia casa, lo que se despega de ella hacia nosotros con mayor nitidez. Así, me acompañaban en mi desvelo de niño algunos habitantes de la casa de mi abuela: los crujientes escalones de madera, los trajes antiguos colgados en el viejo armario, el espejo inmenso que llamaban luna y frente al cual venía puntualmente a duplicarse mi breve ejército de juguetes, los libros viejos de letras muy dibujadas que pertenecieron a mis tíos y un olor penetrante que llamaban humedad.

Me rodeaba de pronto el canto de unos grillos persistentes en las calles de la colonia Roma, que nunca sabía dónde estaban y que siguen intrigándome. Aún ahora, a menos de cien metros de la Avenida Insurgentes, sin ningún jardín a la redonda, se apodera de la madrugada el canto de los grillos y las chicharras. Pero ya desde niño me anunciaban con certeza la instalación de la noche larga, del insomnio feliz.

Recordaba cosas diurnas y cotidianas que se han ido volviendo extrañas: un delgado rayo de luz entrando en la cocina obscura de la casa de la abuela por una rendija de la ventana y en el que flotaban, ligerísimas, partículas de polvo que en otros momentos eran invisibles; el olor y la consistencia al tacto de unas bolsas de papel rellenas de aserrín rociado de petróleo que se compraban en la esquina para quemar en el calentador antes de bañarnos y que se llamaban "combustibles"; el graznido de los patos que alimentábamos en el laguito del Parque México. Cosas dispersas que me venían a la cabeza mientras estaba en la cama y que parecían hablarme al oído.

Me contaban cientos de historias que se mezclaban abruptamente con las que venían de la inquieta repisa de los libros infantiles que había ilustrado mi padre y en los que aprendí a leer. Entre todos ellos regresaban en mis noches las imágenes de un viajero muy delgado, siempre sorprendido y lleno de ingenio, desenfrenado inventor de soluciones increíbles para los problemas aparentemente insolubles que le presentaba el mundo. Se llamaba Jerónimo Carlos Federico Munchausen, Barón de la Castaña. Entre otras costumbres tenía la de volar sobre las ciudades, los bosques y los desiertos montado en una redonda bala de cañón. Y yo no podía dejar de relacionar esa bala con el viejísimo globo terráqueo que alguno de mis tíos había abandonado en la casa de la abuela y donde una geografía de nombres antiguos giraba en la penumbra de su superficie comida por el sol. Nombres que aparecían por supuesto en los relatos de viajes del curioso Barón o en otros cuentos del mismo librero.

Algo de humedad tenían también las páginas amarillentas de una colección de libros verdes, gruesos y antiguos que llamaban el *Tesoro de la juventud* y que mi abuelo materno había comprado para sus hijos. Había en ellos no sólo historias increíbles sino también experimentos químicos para niños, como reinventar la efervescencia, y cosas que hacer con las manos, como un zoológico japonés de papel con dobleces que llamaban *Origami*. Podía construir un timbre, un teléfono con hilo de cáñamo entre dos latas vacías y aviones de papel brillante capaces de inesperados malabarismos en el aire mientras todos dormían. Todo eso se convirtió en un ramillete de cosas maravillosas e inesperadas envueltas en la más inesperada de todas: muchos años después descubrimos que ese añejo *Tesoro de la juventud* y un *Diccionario Enciclopédico Hispanoamericano* en 30 volúmenes, que me acompañaron durante tantos insomnios de la infancia, fueron vendidos a mi abuelo en los años treinta del siglo XX por el padre de quien sería con el tiempo mi esposa. Él era un muchacho exiliado de Cuba en los años de la dictadura de Machado, que a los 16 o 17 años comenzó a trabajar ofreciendo enciclopedias de puerta en puerta y ésa sería su primera venta. Yo nacería casi veinte años después y me tomaría veinticinco más conocer a su hija, compartir con ella las noches y hacerla también, mientras duerme, habitante de mis insomnios. La vida está llena de misterios, casualidades, círculos que tarde o temprano se cierran. Como la noche que sigue al día infinitamente mordiéndose una al otro la cola. Y esa mordida tenaz es el territorio de mis insomnios: ellos son los broches certeros de los círculos rituales que forman mi vida. Y son rituales donde nunca se ha dejado sentir el tedio.

Eran tan variadas y algunas veces tan animadas mis noches de desvelo infantil que dormirme, finalmente, era una violenta interrupción. Una verdadera molestia. Y sigue siendo lo único que de verdad me desagrada de mis insomnios. Tener que caer dormido tarde o temprano. Mi vida es un insomnio feliz interrumpido por algunas horas de sueño. Pero, por suerte, esa interrupción nunca ha durado mucho. Mi insomnio con frecuencia ha tenido dos puntas. Desde niño me acuesto muy tarde y con frecuencia me despierto temprano. Recuerdo nítidamente cómo, mucho antes de que la luz invadiera la ciudad,

llegaban poco a poco los vendedores del mercado que estaba a una cuadra de la casa. Por mi ventana oía el paso
acelerado de las mulas y uno que otro camión. A media-
dos de los años cincuenta, el mercado de Medellín era sur-
tido básicamente en mulas. Oírlas y verlas llegar con sus
cargamentos y sus arrieros era para mí el desfile de una
especie de circo con el que se anunciaba el día. Corría a
mirar las mulas con detalle para tratar luego de recono-
cerlas en el corral del mercado, cuando acompañara a mi
madre o a mi abuela de compras. El mercado de Medellín no tenía entonces los puestos organizados en retícu-
la como ahora. Gracias a un orden extraño, dado por el
tiempo, se habían formado los pasajes interiores como un
gran laberinto. Y en mis noches recorría de memoria esos
complicados pasillos que yo conocía tan bien y donde me
dejaba desorientar y orientar por todo, comenzando por
el olor de las frutas. Con los ojos abiertos o cerrados, caminaba en mi mente sin parar. Hasta que de verdad me
dolían las piernas. Sentía que en mis pies había brújulas y
rosas de los vientos que me daban poderes, posibilidades,
entradas súbitas a lo inesperado.

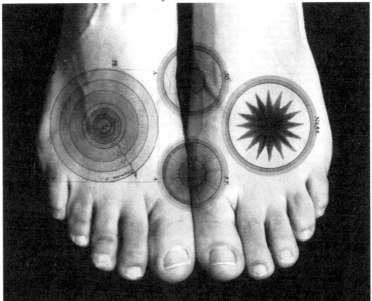

El mercado regresó a poblar mis insomnios cuando nos mudamos a Sonora y luego al desierto de la Baja California. Sin ninguna nostalgia, sin un ápice de melancolía. Pero luego, de regreso a la ciudad de México, en la obscuridad multiplicada reaparecían las caminatas con mi padre en el desierto mientras amanecía: las gotas del rocío sobre las espinas de los cactus, la luz comiéndose velozmente las sombras de las piedras, las huellas frescas de liebres y venados. Esas y muchas otras sensaciones e imágenes del desierto llenaron una parte de mis noches, no de mis sueños.

Cuando nos mudamos a los suburbios del Estado de México, Jardines de Atizapán era un pedazo de valle fraccionado entre maizales con una inmensa mayoría de terrenos baldíos. Cientos de animales se mostraban y se dejaban oír de noche y de día. Y en época de lluvias, un ejército de ranas parecía impulsar con su canto grave los crecimientos de la luna. Los olores y los sonidos me embriagaban, me transportaban, me volvían delirante. Sembraron en mí, tal vez, placeres elementales de escritor.

No me extrañó, mucho más tarde, que el narrador de *La búsqueda del tiempo perdido* escribiera desde una zona intermedia donde no se está ni dormido ni despierto. Y que nunca podamos saber la edad de quien escribe porque en la navegación a la deriva de su memoria delirante los tiempos y los espacios se mezclan, se suceden, se reinventan hasta iluminar de golpe el sentido que da a la vida del insomne convertir todo aquello en una obra de arte. En una forma que desafía a la muerte.

La soledad del insomne ahí se une a contracorriente al destino de todos y el artista hace, como cada quien, lo suyo. Tal vez el privilegio del artista insomne no es sino ése, vivir la noche a su manera. Y la verdad es que yo nunca me sentí completamente separado de los otros habitantes de mi casa. Muy al principio pensaba incluso que todos vivían a su manera, en su cama y en sus tiempos, esta extraña aventura del cuerpo: esta sensación de estar acercándose infinitamente al sueño sin entrar en él sino a ratos. Pensaba que irse a dormir cada uno a su cama era simplemente otra manera de seguir estando despiertos. Tardé algún tiempo en darme cuenta de que, en mi caso, ser insomne era un gran privilegio. Me parecía muy natural que mi abuela, la que hablaba con los muertos, comenzara siempre el día diciéndome: "¿A que ni sabes quién vino a verme anoche?".

2. El cuerpo sueña que duele mientras vela

El insomnio es la piedra con la que la noche tropieza.
MERLINA ACEVEDO

Hace algunos años, al hacer mi historia clínica, un médico de vías respiratorias, el doctor Samuel Levy Pinto, le preguntó a mi esposa que si yo roncaba. Ella hizo una cara que de pronto me preocupó muchísimo. En su silencio, en su sorpresa, me vi retratado como un monstruo nocturno de rugidos insoportables.

Recordé a los grandes roncadores de la familia. Mi abuela, que era violentamente despertada por su propio escándalo como si fuera ajeno; mi padre, cuya respiración nocturna llegaba a ser lo contrario de su dulzura cotidiana y anunciaba, desde siempre, su triste final ahogado y disminuido entre las manos de un despiadado enfisema; y el padre de mi esposa, al que oíamos desde la calle cuando éramos novios y llegábamos muy tarde. Su ronquido descomunal era la señal favorable para que ella entrara a su casa ahorrándose regaños.

Pero la sorpresa de mi esposa en aquel consultorio no se debía a que yo roncara monstruosamente sino a otra de mis patologías, una que es un poco menos ruidosa. Aunque no totalmente callada. Mi insomnio. Con la pregunta del doctor ella estaba dándose cuenta, en ese mismo instante, de una realidad aplastante por sorpresiva para una pareja que ha compartido meticulosamente trabajo y ocio durante varias décadas: después de más de treinta años de dormir juntos ella casi nunca había estado despierta mientras yo dormía. No podía saber si yo roncaba.

El doctor opinó que si yo roncara gravemente la hubiera despertado de cualquier modo y ella lo sabría. Pero de pronto, tuve conciencia de que yo era, en una obscura región del tiempo, un desconocido. Para ella y para mí. Comencé a preocuparme por la posible gravedad de mi insomnio. Quería saber sus consecuencias. Otro médico me dijo que no era grave dormir poco si no me sentía cansado al día siguiente. Como es mi caso. Cuando al amanecer estoy cansado duermo más y listo. Y cuando el cuerpo de verdad lo necesita con urgencia me arrebata unos instantes de sueño en cualquier momento y situación favorable.

Me dijo que cada quien tiene programada genéticamente una cuota de sueño que necesita y que por lo visto la mía era muy baja. Pero otro médico me dijo que era malísimo dormir poco, que seguramente eso me haría vivir menos. Me recetó más ejercicio para llegar agotado a la noche; y toneladas de pastillas para dormir que nunca tomé. Hacer más ejercicio me ha dado más energía en vez de quitármela y no me hace caer como el doctor lo supuso. Si de algo puedo estar seguro es de que dormir poco no me quita el sueño.

¿No es una de las pocas certezas de la vida que todo acaba tarde o temprano? Que el cuerpo tiene límites y siempre se desploma en sus abismos. Que lo que no queramos darle, reposo por ejemplo, el cuerpo lo toma siempre, cuando puede y a su manera.

Algunas veces, muy pocas, mi insomnio ha estado impregnado de una sensación desagradable: un problema en el trabajo o en la casa, algo que parece insoluble, situaciones de mala salud en la familia, la certeza de un encuentro indeseable al día siguiente o una tarea molesta que deberé llevar a cabo.

Pero nunca he confundido mi falta de sueño con el posible horror que algunas veces ha podido habitarla. Y sobre todo no se me ha ocurrido la peregrina idea, que escucho con frecuencia, de pensar que tomando pastillas para dormir se aligera el problema vital que habita algunos de mis desvelos.

Si algunas personas sienten que, más que habitar sus insomnios, la angustia los causa, con menos razón se soluciona el problema tan sólo durmiendo a la fuerza. El insomnio, me parece, es síntoma y no origen, aunque se le trata como el corazón de la enfermedad. El insomnio es así, con mucha frecuencia, víctima de un equívoco que lo demoniza, que lo hace parecer culpable de males que no debe. El insomnio es un gran incomprendido.

Es muy difícil que la gente aprenda a gozarlo en vez de sufrirlo. Esto que digo va en contra de la opinión y el conocimiento de muchos especialistas. Pero no encuentro, en cientos de páginas sobre el insomnio, nada que me diga que no es un síntoma, tal vez crónico y dañino en su persistencia pero siempre causado por otra cosa que muy pocas veces se ataca de frente.

Me pareció muy interesante por extraña y poco estudiada una forma de insomnio muy frecuente que consiste en una necesidad absoluta de rascarse la pierna cada vez que uno comienza a dormirse. Se le conoce como "el síndrome de la pierna nerviosa" y según un médico canadiense, Alex Desautels, quien lo estudia en la Universidad de Montreal, este tipo de insomnio tiene origen genético. Afecta, dice una noticia de EFE, al quince por ciento de la población estadounidense. Me imagino que se refiere al quince por ciento de la población insomniaca en ese país y no a toda la población. La comezón muchas veces se convierte en irritación aguda y enrojecimiento. Quienes lo padecen, tienen que levantarse con frecuencia de la cama y caminar. En Montreal lo han localizado con mayor abundancia en familias francocanadienses de las que analizan actualmente el ADN. Y, por supuesto, muchas de las 276 personas estudiadas por el doctor Desautels habían recibido de otros médicos pastillas para dormir que nunca tranquilizaron a una sola de esas 276 piernas inquietas.

Leo sobre el insomnio casos de los que me siento totalmente lejano. Si eso es insomnio lo mío seguramente no lo es. Hay cuadros que me parecen aterradores: van del cansancio simple al suicidio. Muchos insomnes comienzan el día agotados, tristes. Se sienten encarnación de la desdicha. Tienen una propensión a la depresión que despierta en muchas ocasiones el deseo obsesivo de quitarse la vida. Pero ¿es de verdad el insomnio el que crea esa propensión al suicidio o sólo le otorga su dramatismo nocturno, su precipicio perfecto?

Las descripciones clínicas hablan con frecuencia de pastillas para dormir que en vez de acabar con el insomnio lo multiplican. Como si este fuera un ser extraterrestre que se va apoderando del cuerpo invadido. En algunos casos se pierde la memoria de manera irreversible como efecto lateral de los somníferos. Se crea una dependencia con los medicamentos y el problema crece en un desmesurado círculo vicioso. El trastorno de origen no se toca y ya el pobre insomnio sufre elefantiasis de cargos en su contra. Desde mi punto de vista desvelado parece muy simple: una situación angustiante que induce a no dormir nunca se soluciona durmiendo a la fuerza.

¿Existe algún doctor extravagante que pueda hacer la defensa clínica del insomnio? Sí existe: un investigador disidente de lo que mayoritariamente se cree sobre el insomnio, el doctor Hopkins, profesor visitante de la Universidad de Stanford, escribe: "Dios salve a quienes padecen insomnio de caer en manos de médicos que nunca lo han querido comprender desde dentro y que no saben verlo sin condenarlo al fuego químico. Médicos que actúan como exorcistas quemando el cuerpo de sus pacientes con somníferos pesados que nunca tocan lo que, detrás de todo, crea la infelicidad de esas personas tan despiertas, y tan capaces, en muchos casos, de ser felices de día y también de noche."

Hay patologías que nos ayudan a vivir y otras que nos destruyen. Siempre he creído que el insomnio multiplica mis sentidos, mi presencia en el mundo y la presencia del mundo en mí. Ahora, cerca de mis sesenta años, miro con nostalgia los días en los que podía pasar una o dos y hasta tres noches sin dormir, tal vez escribiendo. El cuerpo me muestra su edad interrumpiendo mi delirio feliz y obligándome a hundirme cada vez más en el sueño. El sueño avanza en la edad del cuerpo como un ejército de hormigas. Pero hasta eso tengo que aceptar como una condición más del insomnio, su súbito retiro. Es un regalo que tarde o temprano cada noche se desvanece un poco más.

Y sin embargo, en este momento y con este estado de ánimo, a esta edad y a esta hora, paso una noche leyendo un libro que se mete de lleno en mi conversación con el espejo insomne que me habita: *Historia universal del insomnio,* del biólogo y psicoanalista argentino Pablo E. Chacón. Arranca "divinamente" manifestando su intención de arrebatar el tema del insomnio a las brigadas de salud: "mi intención es la de empezar a sacar de las garras de los profesionales sanitarios, los líderes religiosos, los románticos trasnochados y toda esa ancha banda de saberes que van desde la psicopatología a la visión de otros mundos, la experiencia universal del no dormir, con el fin de restituirla a sus atribulados clientes. El eje sobre el cual se articula la lectura sostiene que el no dormir es una experiencia de la indeterminación, que esa indeterminación puede confundirse con la parte maldita, esa zona gris donde se yuxtaponen lo animal y lo humano y que desveló durante años a Georges Bataille…". Continúa asociando esa parte maldita al miedo en la historia de la humanidad y el libro hace honor desde entonces al subtítulo que en realidad lo orienta: "Tiempo y miedo en occidente". Se convierte en un documentado estudio sobre el miedo y el sueño. No sólo me informa sino que además me ayuda a hacer explícito, a contracorriente de lo que voy leyendo, el camino de mi escritura gozosa de su insomnio: el placer de contar historias.

Nada de lo que la ciencia explora en el cerebro es poco interesante. Es incluso apasionante. Pero me doy cuenta de que me interesan con desmesurada proporción las vidas de las personas que recorren esos caminos de exploración científica, su tenacidad, su visión, sus éxitos y fracasos. Sus historias. Y me interesan las ideas como personajes viviendo y muriendo en fabulosos escenarios imprevistos. Un escepticismo radical, en ciencia como en religión como en política, me impide dejar de ser consciente de que la gente realmente cree con fervor en lo que decide creer. Como decía Leszek Kolakowski, "en religión la realidad es lo que la gente realmente quiere creer". Y sobre el cerebro, el sueño y el insomnio se aplica lo mismo. Las afirmaciones absolutas desconocen ese principio fundamental: duda. Avanza dudando.

La noche no es lo contrario del día, ni siquiera su continuidad, sino su parte interna, como en una bolsa de tela. Metemos en ella la mano y, gracias al tacto del insomnio, podemos conocer lo que los ojos sin luz no verían: cosas inesperadas que alimentan nuestros asombros. Pero incluso nuestra visión del exterior de esa bolsa, nuestra visión del día, estará radical y felizmente modificada por lo que vamos descubriendo dentro con las manos del insomnio.

3. La sonrisa de la noche

Espero la llegada del insomnio como aguarda un amante;
inquieta entre las sombras, me rindo a las caricias del silencio.
EUGENIA HERNÁNDEZ-LACROIX

Así, desde niño supe que era pájaro de noche. Mientras
todos dormían en casa yo me dejaba llevar por el río secreto y bravo del insomnio. Entraba en momentos que
había vivido y podía a veces modificarlos. Hablaba con
tanta gente y tantas cosas extrañas o familiares sucedían
que después me era difícil saber qué había hecho y qué
había imaginado. La moneda al aire del recuerdo giraba
luminosa ante mis ojos pero con mucha frecuencia caía en
la palma de mi mano convertida en un golpe de viento,
en una sombra de origen incierto.

No se trataba de sueños sino de algo intermedio,
pariente del delirio y que se apropiaba caprichosamente
de mi cuerpo convirtiéndose en el tejido de mis músculos
y en mi nueva piel. Era la noche.

Ella abría las alas de todas mis metamorfosis. No
sé ni cuántas ni cuáles. Pero sé que todavía algunas, dis-
frazadas de sí mismas o de otra cosa, a la sombra de la noche dentro de mí vienen y van. Porque la noche nunca es
tan sólo ausencia de luz sino compuerta que se abre piel
adentro, hacia la inmensa diversidad carnavalesca que todos somos.

La textura y la profundidad de la noche hacen que
el tacto ciego se convierta en visión. Como cuando se está
dentro de la amante y se tiene la impresión de mirar claramente lo que tan sólo se toca. La noche es así y entrar
en la noche es por eso siempre una exploración vital del
asombro.

En ella me han visitado los muertos y los vivos me han dicho lo que de otra manera nunca me dirían. Ahí me han sido dadas las más certeras premoniciones y las más equívocas promesas. He recibido cruciales alertas y algunos dones siempre felizmente inmerecidos, generosos, gratuitos.

También he aprendido, con mucha torpeza, a tener pesadillas. Nunca las tuve de niño. O no lo recuerdo. Pero ya a los treinta años comencé a tenerlas y a despertarme gritando en medio de la noche, sin razón aparente. Y si de algo estoy seguro es de que fue como aprender un lenguaje del cual yo no sabía ni las palabras ni la gramática.

En conjunción con no sé muy bien qué encrucijada de mi vida, una película me marcó profundamente y, literalmente cambió mis noches. Se llamaba *Posesión* y había sido filmada por una inteligencia maravillosamente diabólica: Andrzej Zulawski. No recuerdo con precisión la anécdota pero sí la exacta sensación de ir descubriendo, a partir de una situación dramática que se intensificaba, una nueva dimensión terrible de la existencia. La narración pasaba de lo natural a lo sobrenatural siguiendo la lógica rigurosa del amor posesivo que se convierte en lo contrario. Y mi noche se amplió hacia esa dimensión terrorífica, quedó poblada por ella. No tanto las imágenes de la película como la manera de irse deslizando hacia lo terrible y sin salida. Así, algunas noches, por fortuna no muchas, me despierta un grito que sale de mi boca pero no sé bien de dónde viene.

Si tengo suerte, detrás de él viene la mano de mi amada que al acariciarme me exorciza. Es su compañía, tantas veces, lo que hace a la noche habitable. Y no solamente por el poder de conjurar y aclarar con un movimiento de su mano los poderes turbios de la Posesión, sino porque su presencia, para mí, se confunde con la noche. Con su verdadera profundidad y su textura.

En la obscuridad, tendido a la sombra cálida e invisible del cuerpo de mi amada que duerme, nuestras pieles dialogan. Nuestros miembros casi dormidos, en silencio, tantean sus más cómodas distancias y cercanías y se dicen cosas que nuestros oídos no alcanzan a descifrar. Por suerte, tal vez, porque así no informan de sus movimientos a la conciencia y pueden navegar por su cuenta los mares de la noche. Hacen, literalmente, lo que les acomoda.

Tal vez esa manera tan poco despierta de hablarse les hace ignorar que llevan tantos años haciendo lo mismo y por eso se mueven con la cautela y la osadía, la curiosidad y el asombro de los recién conocidos. En ese pliegue de la noche siempre se vive por primera vez, se nace a la obscuridad y al llegar el día o la conciencia algo en uno se muere. Como si al despertar lo más profundo del ser se quedara para siempre dormido. Es el reposo de la verdad de la noche durante el engañoso discurrir del día. El sol, la razón, la modernidad a ultranza nos hace vivir la ilusión de que la vida es más simple de lo que la noche muestra. El día pretende desprestigiar a la noche poniéndola en el ámbito de la fantasía. Pero ya se sabe que la verdadera vida es la nocturna.

Habría que invertir los términos freudianos y analizar, no los sueños sino las realizaciones humanas del día, las sociedades que construimos, la fealdad que instalamos como modernidad en nuestras ciudades, y tantas otras cosas como signos de nuestras más profundas patologías. Y regresar a la noche su estatuto de reino del ser en todas sus dimensiones.

Pero aun de día, para recordarnos que tanta claridad es una ilusión, existen las sombras. Que son jirones de noche que se quedaron tirados debajo de las cosas. Por uno de esos trozos de obscuridad regresamos a la sombra extendida de los amantes.

Antes de despertar, en el tiempo sin tiempo de la noche, esos cuerpos que se acomodan se hacen preguntas mudas que sólo ellos entienden. Desde fuera me imagino que sus signos de interrogación tienen que ver con la humedad entre las piernas o el ritmo de la sangre. Desde fuera, digo, porque aunque sea mi cuerpo llega un momento en el que la conciencia queda excluida y es inútil que quiera participar o dar órdenes o negarse. Los cuerpos semidormidos se entienden hoy o no se entienden, bailan o cantan, se van de viaje interno no sabemos adónde, se lanzan a un precipicio o se petrifican sin que mi opinión o la de mi amada cuenten algo en esa ajena aventura de lo nuestro que la noche propicia. Algo similar sucede cuando dos cuerpos se entienden bailando. Entran en un diálogo que sólo ellos entienden. Es lo que tienen en común el baile y la noche de los amantes, un conocimiento profundo entre los cuerpos en una dimensión que está más allá de la conciencia, en el fondo de la noche.

Como soy un insomne, mezclado con sonámbulo, logro ver a los cuerpos amantes sin que me perciban. Desde una sombra a la vez próxima y lejana los espío. Me doy cuenta de que ella; mi amada, es otra cada noche. No deja de sorprenderme y hace que me vuelva a enamorar y que algunas veces incluso sufra cuando mi cuerpo ajeno no alcanza a decirle con suficiente precisión y delicadeza lo que parece que ella le pregunta. También veo cómo la paciencia establecida deja asomar en su obscuridad ojos felinos y el cuerpo, manchado de una noche más profunda, salta atigrado sobre sus propios deseos, exigiendo ahora una impaciencia llena de sed y de hambre. Una boca obscura devora a la otra. Y los cuerpos amantes se vuelven noche en la noche.

Desde mi paradójica posición distante de mí mismo veo a esos cuerpos amantes entretejerse o quedarse dormidos. Y en sus movimientos y reposos sin reloj ni calendario, veo tres tonos o colores que se trenzan: hilos tenues de suavidad y luego intensos de súbito salvajismo. Ambos sorprendidos a cada instante por un hilo negro que los anuda y parece impulsarlos: el de la creatividad de los amantes.

Así, como plumas de un ala en movimiento, ternura, animalidad e imaginación levantan vuelo en sus espaldas. Son los tres ingredientes indispensables del cuerpo de la noche amante. Y al ritmo de la sangre de ese triple sueño inquieto brotan las alas de las aves nocturnas.

Después de un rato me duermo completamente y ellos, los cuerpos amantes, siguen moviéndose en sus sueños que ya no son ni por atisbo los míos. Me alejo de su noche y no sé más. Al día siguiente hay algo que los delata, sobre todo si tuvieron fortuna en sus enredos: una sonrisa. Al verla siento cómo también en mí va aflorando. En el rostro de mi amada me alegra una sonrisa matinal, profunda, tranquila, de origen incierto. Más luminosa y cálida que el sol algunos días de invierno. Es la sonrisa de la noche.

Dos
Elogio de ámbitos
RECURRENTES

El universo de esta noche tiene la vastedad
del olvido y la precisión de la fiebre.
En vano quiero distraerme del cuerpo
y del desvelo de un espejo incesante
que lo prodiga y que lo acecha
y de la casa que repite sus patios
y del mundo que sigue hasta un despedazado arrabal
de callejones donde el viento se cansa y de barro torpe.
En vano espero las desintegraciones
y los símbolos que preceden al sueño.
Jorge Luis Borges

4. Calles como serpientes

No es insomnio es que sueño mejor despierta.
ANGELINA DE LA CRUZ

Desde que recuerdo, las calles de las ciudades que he vivido entran y salen de mis desvelos como si fueran escenarios de sueños. Las camino, las contemplo, las oigo, las huelo. Me pierdo en ellas y me reencuentro. De noche, hay un laberinto de plazas, esquinas, banquetas y personas en mi mente. Y en medio de las cosas más delirantes que suceden en los sueños despiertos, identifico a mis calles. Y siempre me sorprende que estén ahí, tan fieles. Tan aparentemente confiables. Dando suelo a mis sombras. Acompañándolas.

Algunas veces ellas son las que avanzan. Me caminan. Me cuentan historias, me llevan a donde quieren, se transforman. De un punto a otro del mundo y de mi vida, en un azar aparente. Voy por una esquina de aquí y al girar estoy en una esquina de muy allá. Giro antier y me encuentro de pronto en este instante. Urbe de recuerdos imaginados, de viajes lentos.

Mis calles se desenredan y se extienden para mí como si todos los tiempos y todos los lugares tuvieran continuidad de escama sobre escama. Son serpientes que cambian de piel ante mis ojos. Calles que me visten y me desvisten de ellas. Que me cubren como una piel transitable, la piel de mis ciudades.

Aquí, en el umbral del sueño, entre el insomnio y la inconsciencia, entre una sombra y otra más profunda, mis calles hiperpobladas de la Ciudad de México encuentran, como por un truco de magia de fiesta infantil, perfecta continuidad con las calurosas avenidas semivacías de

Ciudad Obregón, Sonora, que de niño recorrí en bicicleta tantas veces. Vuelo de nuevo sobre esas calles hirvientes pedaleando camino a la escuela. O pedaleando sobre tierra al lado del largo canal de riego en los campos de algodón que rodeaban entonces a la ciudad. Hasta llegar a la poza de agua fresca donde nos tirábamos con todo y bicicleta. Y ahora lo hago solo, en mi sueño. El agua fresca me alivia, me da vitalidad

De nuevo, al pedalear de regreso a casa, el viento me quema cada vez más, hasta encontrarme, en un abrir y cerrar de ojos, en un desierto, al pie de la única calle en las afueras de Villa Constitución, en la Baja California. Una especie de carretera recta donde un auto pasaba cada dos horas cuando había tráfico intenso. Se le oía rugir desde varios minutos antes como un largo eco que generalmente venía de la izquierda. Y de pronto cruzaba frente a nosotros como un rayo, un segundo. Y se seguía oyendo después de perderse en el horizonte, a la derecha.

Montadas en ese eco continuaban, allá lejos, las calles desoladas del suburbio capitalino de Jardines de Atizapán, perdido en el camino viejo a Villa del Carbón. En esos Jardines, que no lo eran, los niños dibujábamos con el yeso de las construcciones abandonadas, sobre el concreto nuevo de las calles, los planos y edificios de otra ciudad, una a nuestra medida. O más bien, a la medida de nuestros juegos y fantasías, que se desataban inventando mundos sin duda más divertidos entonces que el nuestro.

Toda aquella urbe plana que trazábamos como espontáneos, prematuros e inocentes arquitectos, y que la lluvia borraba cada tarde, era metáfora de ese suburbio a medio construir donde vivíamos un poco a la deriva, entre dos cerros entonces inhabitados, entre dos olas de especulación que ya para entonces se había llevado el viento.

De las calles de ese suburbio salté a los barrios de estudiante de París, de Siena, y de Marruecos. Donde las calles variadas, viejas, deseadas y azarosas, bellas cada una a su manera, a veces terrible y dura, me otorgaron mi más rico aprendizaje citadino.

Incluyendo por supuesto el aprendizaje literario.

Cuando Magui y yo regresamos a la ciudad de México muchos años después, ya era otra. Llamaban a las calles y avenidas "ejes", miles de palmeras habían desaparecido de los antiguos y bellos camellones, cada desplazamiento era mucho más largo y todas las banquetas estaban habitadas por vendedores ambulantes bajo lonas y plásticos de chillante amarillo y naranja.

Pero gracias a unos tíos maternos, Rubén Lacy y su esposa Esther, nos volvimos felices habitantes de una isla urbana entre dos ejes exaltados como sus nombres: avenida Revolución y avenida Patriotismo. Un barrio viejo formado a lo largo por una veintena de calles no nombradas sino numeradas, y tres avenidas de ancho, un mercado y dos parques que se aferraban a mantener la vegetación de su nombre: colonia San Pedro de los Pinos. Vivíamos ahí en la orwelliana dirección: Calle Quince, número noventa y siete, casa tres. Y cada mañana nos despertaban los pájaros y la campana del camión de la basura. Cada hora era marcada, no por un campanario sino por los gritos de compradores de usado: ropa, muebles, periódicos y hasta libros. Y por los vendedores de cosas tanto necesarias como extrañas, camotes, tamales, agua y gas. Había reparadores de sillas, exterminadores de hormigas y de ratas, jardineros, afiladores de cuchillos y destapadores de caños. Las voces de otro tiempo que aún se resistían a desaparecer bajo el cercano estruendo automovilístico de los "ejes". Nuestra calle olía a pino cuando llovía y una vez al año se llenaba de flores color púrpura y naranja enrojecido: Jacarandas y Llamaradas. Dos colores que vienen continuamente con las calles de mis desvelos.

En toda esa navegación de mis calles mentales, por alguna razón que alcanzo a descifrar tan sólo parcialmente, la calle de Medellín, en la colonia Roma de la Ciudad de México, siempre regresa como la referencia más confiable y recurrente. Una especie de polo imantado de mi urbanidad. Creo haber sido feliz en todas las calles que he vivido. Pero en Medellín 210 estaba la casa de la abuela materna. En esa casa mi madre me enseñó a leer y a escribir para enviarle cartas a mi padre cuando estaba trabajando en Sonora. Abriendo camino para llevarnos. Y donde quiera que viviéramos, a la vuelta en la calle de Coahuila en dos diferentes departamentos, o en el suburbio de Atizapán, o en Sonora, o en el desierto de Baja California, la casa de Medellín 210 era nuestro centro afectivo. Y por lo visto, en sueños sigue siéndolo, aunque la casa ha desaparecido y la calle sigue perdiendo su carácter. Tal vez porque no es en la historia sino entre la memoria y el delirio donde las ciudades son más fieles a sus mejores y peores momentos. Lo que con frecuencia me lleva a preguntarme: ¿En una ciudad vivimos las calles o vivimos sus fantasmas, sus sombras, sus presencias en nosotros? Habitamos, sin duda, las ciudades que nos habitan. Que nos poseen de alguna manera.

Como tantos de sus habitantes, he pasado una buena parte de mi vida en la ciudad de México viajando en autobuses y automóviles y en el metro. Por eso llegó el momento en el que Magui, mi esposa, y yo decidimos que el verdadero lujo al que aspirábamos era vivir lo más cerca posible de nuestro trabajo y desplazarnos sobre ruedas en la ciudad cada día lo menos posible. Y lo hemos logrado, curiosamente, regresando después de mucho deambular, a cuatro calles de lo que fue la casa de la abuela, en la colonia Roma.

Pero todo el tiempo que ahorro apenas hace un promedio con los años que tuve que viajar casi tres horas haciendo relevos en tres o cuatro autobuses diferentes para regresar de mi escuela secundaria y preparatoria en Polanco a mi casa en Atizapán, al norte de la ciudad. Un viaje que en automóvil era tan sólo de veinticinco minutos. Las calles de Polanco que rodeaban mi escuela me eran ajenas. Y las veía casi siempre de lejos. Pero el edificio era en sí un universo apasionante. Para mí, era sobre todo un mundo introvertido e interminable, retador y entusiasmante que presumía de ser un lugar excepcional en la ciudad por sus efectos formativos en cada uno de nosotros, "los futuros ciudadanos". Muy civilmente esa escuela jesuitica se llamaba Instituto Patria y desapareció para convertirse en un anodino y enorme centro comercial con nombre palaciego, como cualquier otro en el mundo.

Cuando en vez de ir a mi casa iba a casa de la abuela tomaba, en la misma avenida de nombre militar, pero del lado opuesto, el autobús de la línea Sonora Peñón que en veinte minutos me llevaba hasta la calle de Coahuila. Al territorio de mi primera infancia.

El trayecto era muy distinto. Mientras el viaje al norte parecía ir hacia una campiña a la que nunca se llegaba y cada parada para cambiar de autobús parecía la terminal de un pueblo distinto (Toreo de Cuatro Caminos, Naucalpan, Los Remedios, Echegaray, Satélite, Santa Mónica, Tlalnepantla, Atizapán), el viaje hacia la colonia Roma tenía algo de más amable, de casero, de caminable a ratos, de reconocimiento cercano. Como si el mapa imaginario de este recorrido citadino cupiera en la palma de la mano mientras el otro se perdiera en el horizonte. Eran las dos caras de la ciudad que crecía, que se estiraba hacia todos los puntos cardinales para devorar a sus nuevos miles de inmigrantes diarios. Nuevas versiones de familias como la mía del lado materno, que habían llegado en los veintes y treintas desde Sonora, en la oleada de gente cercana a los gobiernos de los generales sonorenses que ganaron la Revolución mexicana, y que se establecieron en la colonia Roma. Así, en esa sociedad la referencia a Sonora era como una realidad invisible pero constante. Aunque tal vez debería decir permanente. Era como el alma de las calles que pisábamos.

Calles de humo o de concreto, de desvelo o despertar... Me sostengo de ellas como si fueran el pasamanos de la escalera de caracol de mis sueños. Mis calles me hacen sentir que ningún delirio me pierde completamente, que soy habitante ideal de cualquier parte, incluyendo mis ciudades soñadas. Y con frecuencia mis calles son ahí, en los sueños, menos extrañas y delirantes que en la realidad.

Como esa calle circular que no lo parecía, llena de árboles, bancas de azulejos y un camellón de tierra amarrilla para pasear. Ahí comenzaba la diferencia: era una calle con un espacio enorme para las personas que desearan caminarla. Todas las demás parecían hechas, sobre todo, para los automóviles. Esta no.

Estaba cerca de mi casa, en la colonia vecina, La Condesa, y desde muy niño me parecía una calle juego, una calle portadora de una clave secreta que había que descubrir caminándola. Para cualquier niño esa calle era un regalo. Recuerdo la sensación de aventura sorprendente al recorrerla como una broma que hacíamos a los primos que venían por primera vez de algún otro barrio o de otra ciudad: caminábamos con ellos siguiendo la misma calle que parecía recta, alejándonos de algún árbol o una casa claramente identificada y al cabo de unos minutos llegábamos de nuevo a donde habíamos comenzado.

Surgían entonces las cien preguntas que, en mi mente ilusa, emparentaban nuestro recorrido con el de los personajes de los cuentos infantiles que sin quererlo siempre llegaban al mismo lugar del bosque y así se daban cuenta de que estaban perdidos. ¿En qué momento nos desviamos? ¿Cómo nos perdimos? ¿Nos amenaza aquí un peligro desconocido? ¿Tratamos de alejarnos de nuevo?

Y su nombre, que me fascinaba y me parecía tan extraño, calle de Ámsterdam. Al principio no pensaba en la ciudad europea sino que me detenía en los movimientos inusuales de la boca que era necesario hacer para pronunciarla. Me hacía pensar en el nombre de un animal, de un conjuro, de dos bostezos. Entre Aam y aam, un mosquito que cantaba "sssterd". Aam/ssterd/aam.

A esa edad, mi madre comenzaba a enseñarme a leer y yo me divertía inventando la relación entre las cosas y sus nombres. La boca muy abierta diciendo el principio de Aaaaam era lógicamente el dibujo circular de esa calle. Y ese argumento inventado me gustaba como explicación de su nombre. Resultaba de verdad extraño y muy emocionante comprobar que de pronto una calle no obedece la orden de ser recta y sin quejarse ni gritarlo demasiado se lanza a ser circular. A perseguir la belleza más que la funcionalidad. O a funcionar de otra manera. Después aprendí que antes de ser calle fue la pista de un hipódromo.

Como si quisiera resguardar algo entre sus brazos anudados, Ámsterdam es un anillo. Y ese anillo era además como el dibujo de los muros invisibles de una fortaleza en cuyo centro se encontraba el Parque México.

Pero sin duda más inmediata y llena de sensaciones era otra calle, eje de mi vida durante aquellos años. La calle de la vieja casa de la abuela: Medellín. No sé todavía por qué la pensaba como un río que arrancaba en la avenida de los Insurgentes como una diagonal y subía quince cuadras hasta cruzar un río verdadero, el maloliente Río de la Piedad, que diez años después iba a ser entubado y convertido en río de automóviles: el primer viaducto de la ciudad. Después de eso la calle de Medellín no sólo cambiaba de nombre sino también de carácter. Se convertía en la calle de Amores, en un barrio claramente más nuevo y menos atractivo, lleno de edificios de vidrio.

Me impresionó muchísimo enterarme de que ese río de aguas negras, el punto más alto de la zona, era la orilla del lago enorme que fue la ciudad de México en la época de los aztecas.

En esa calle descubrí los ruidos distantes que llegan antes del amanecer y que poco a poco se van diferenciando hasta ser autobuses y automóviles que aceleran en la lejanía. Pero antes de eso, en mi escucha semidormida, son oleajes, ladridos o rugidos.

Un sonido lejano que parecía salido de un sueño me alertaba lentamente. Eran las cuatro y media de la mañana. Durante unos minutos la calle se llenaba de ruidos inconfundibles que sólo a esa hora surgían: afuera, como a escondidas de la ciudad que dormía, las mulas tronaban sus cascos contra el pavimento. Las rudimentarias jaulas de madera que llevaban al lomo, y que recibían el nombre para mí risueño de guacales, rechinaban repletas de verduras y frutas. Los arrieros apuraban el paso de sus mulas con tronidos de la boca y, de vez en cuando, con un grito ronco. Pasaban en grupos compactos. Como caravanas con prisa. Y el eco de los cascos se oía a lo largo de callejones, vecindades y patios de casas viejas algunos instantes después de que las mulas habían dejado de pasar.

En cuanto me despertaban los murmullos de la primera cabalgata me levantaba con enorme cuidado de no despertar a mi hermano, que estaba casi junto a mí, ni a mis padres, que dormían en la habitación contigua. Removiendo las cortinas cerradas me quedaba prácticamente oculto tras de ellas y me pegaba a la ventana fría para mirarlos pasar. Limpiaba con la mano el delgado rocío del vidrio y casi untaba la frente y la nariz a su húmeda transparencia, como si mi visión fugaz de aquella caravana se pudieran ver mejor así.

Mulas, en la ciudad de México, al inicio de los años cincuenta, en una calle donde de día ya reinaban los automóviles, eran para mí como apariciones de un cuento. Y en aquel momento no encontraba ninguna explicación para que existieran ahí, en el corazón de la colonia Roma. Ni la necesitaba enormemente. Tantas cosas eran descubiertas a esa edad y ocupaban de pronto un lugar en mi breve existencia sin demasiadas razones para ello. No podía decirles a mis padres ni a mi abuela lo que había visto porque seguramente reprobarían que me despertara a esa hora y me prohibirían verlas de nuevo. Las mulas que aparecían en la noche, por algún tiempo, fueron mi secreto. Y no tanto por explicar su procedencia sino como parte de una actitud parecida al juego, creyendo y no creyendo, imaginaba que esa mulas, que al principio pensé eran caballos, venían de tierras muy lejanas donde no había automóviles ni aviones ni motocicletas, habían cruzado un largo desierto, habían surcado en medio de tormentas un mar peligrosísimo a bordo de un barco vikingo como los que había visto dibujados en uno de los cuentos que mi madre me leía, y tenían que llegar con su carga a algún castillo cercano antes de cierta hora impuesta por un ogro que amenazaba con comerse a las mujeres más guapas de su reino. Cada día cambiaba o aumentaba un trozo a la historia de aquel viaje mientras la cabalgata se apresuraba frente a mis ojos nublados de niño citadino, asombrados y delirantes pero a la vez llenos de incertidumbre.

Muy pronto aprendí a distinguir a cada una de las mulas, sus colores, sus orejas, sus dueños, su carga. O imaginé que podía hacerlo. Y más de una vez cedí a la tentación de inventarles nombres y aventuras, pasados ilustres o tormentosos y alguno que otro futuro que ellas no sabían y yo no pensaba revelarles.

En menos de lo que yo hubiera querido las caravanas de mi entresueño desaparecían. Yo dejaba de hilar mi historia y regresaba medio adormilado a la cama. Donde confluían todos mis insomnios para continuarse con toda naturalidad en sueños.

5. La noche de Navidad como escalera

Incluso en la noche de Navidad, cuando todos pasábamos mucho más tiempo despiertos, llegaba finalmente un momento en el que yo me quedaba saboreando un rato más lo que habíamos vivido juntos. Tanto lo de unas horas antes como lo vivido en todos los tiempos que el insomnio convoca. ¿Es normal que la infancia se precipite, más ligera entre recuerdos, por delante de tantos otros momentos?

No puedo separar la navidad de la sensación de estar sentado en una escalera sin barandales. En la casa de mis abuelos Ruy Sánchez, era nuestro juguete favorito. Se convertía en nave espacial y en cascada, en resbaladilla accidentada y trampolín hacia un lago imaginario que escandalizaba a los adultos en cuanto saltábamos. No faltaba la tía que quería prohibirnos completamente la escalera. Y la abuela paterna, bromista y querendona, que intervenía con toda la autoridad de su matriarcado dándonos permiso, muy seria, de rompernos la cabeza siempre y cuando no dejáramos nuestros pedazos de cráneo tirados en desorden, ni rompiéramos su escalera, que en el fondo era de azúcar, ni dejáramos de limpiar la sangre. Y no cabe duda que la broma macabra nos hacía ser más cuidadosos. Nunca hubo un accidente y siempre muchas carcajadas.

Cada vez la escalera era distinta. Inventábamos que en vez de subir bajaba y nos llevaba a los sótanos que la casa no tenía. Y ahí, por una puerta secreta entrábamos a infiernos donde estábamos todos los primos continuando felices nuestras travesuras. La culpabilidad nunca estaba invitada a la fiesta. Inventábamos que la escalera nos llevaba a una luna de queso que devorábamos entrando a escondidas en la cocina con la misión secreta de asaltar el refrigerador sin ser sorprendidos. Y donde la abuela fingía no vernos y nos guiñaba un ojo. O decidíamos que la escalera conducía a un Timbuktú que habíamos visto en los cómics donde todos eran mellizos pegados y de dos en dos teníamos que permanecer abrazados y con el mismo abrigo, sin separarnos en toda la noche. Tres escalones y estábamos de pronto en lo alto de una fortaleza medieval y debíamos permanecer agachados para que no nos volara la cabeza el Barón de la Castaña viajando en su redonda bala de cañón por los aires. Imagen fascinante que era la portada del cuento infantil que acababa de ilustrar mi padre y que compartí con mis primos una navidad en aquellos escalones.

Por su lado más alto, la escalera daba hacia el comedor y la cocina. Los olores de la cena nos llegaban primero y condimentaban nuestros delirios infantiles en esa noche de excesos y desvelos. Inventábamos que detrás de la puerta había un paisaje mágico con montañas de chocolate y cabañas con paredes de pavo y de mole y pierna y de todo lo que olíamos y nos abría violentamente el apetito. Esa noche se hacían las inmensas tortillas de harina que llamaban "sobaqueras" y los frijoles "maneados", con tanto queso que parecía *fondue* de frijoles. Las coyotas sonorenses eran el tesoro de los tesoros y su olor a piloncillo me hacía sonreír al recordarlo todo el invierno.

Por su lado más bajo, la escalera daba hacia la sala y era la tribuna desde donde presenciábamos el teatro de los adultos. Casi todos tan divertidos conversadores como tenaces fumadores. No había palabras sin nube ni historias que no bailaran caprichosamente ante nuestros ojos. Las dos cosas se mezclaban como en un sueño. Conforme avanzaba la noche una densa nube iba llenando la sala y subía por la escalera como un fantasma. Era tan visible que jugábamos a que esa densidad en el aire era el espíritu travieso y malhablado de la bisabuela Paulina, "la grande", que acababa de morir "de haber fumado tanto", como nos decía en broma uno de los tíos, burlándose cigarro en mano de alguien que eso había diagnosticado. Ningún vaticinio enfisemático, ninguna tragedia certera podría haber nublado la enorme alegría de estar juntos. Sólo la sonrisa era verosímil.

Era evidente que el exceso de la celebración, los parientes que venían de todas partes, la comida nada austera, el proceso barroco de los mil regalos por encima de la economía de la familia, formaban un ritual donde todas las pequeñas o grandes diferencias se limaban y el vínculo intenso de la pertenencia se reactivaba. La repartición de los regalos era un regalo en sí misma, una verdadera representación de contadores de historias metiéndose con cada uno de la familia, burlándose de todos y demostrando a todos un inmenso cariño. Con mucha frecuencia era más esperada la repartición que las cosas repartidas. Y así todas las cosas adquirían valores suplementarios.

Llegaba un momento en que podíamos pedir que tíos y abuelos nos contaran las historias que una y otra vez nos hipnotizaban: la de la lluvia tupida que sólo caía cada quince años en la ciudad donde nació mi abuelo, en Álamos, donde habían hecho banquetas altas de metro y medio que parecían absurdas siempre, menos ese único día. La de los bailes sonorenses donde interrumpían la música cuando mi abuela entraba y la orquesta comenzaba a tocarle la canción que supuestamente hizo para ella un enamorado: "Tiene los ojos tan zarcos, la norteña de mis amores…". La historia del accidente con cohetes donde, cuando era niño, el abuelo perdió varios dedos de la mano. La del largo viaje con su padre y hermano, de Sonora a Saltillo, para internarlo en la escuela de jesuitas. La de la sesión espiritista donde mi abuela materna recibió una señal rápida y secreta para convertirse en médium de su templo teosófico al levantarse de su silla antes que las otras aspirantes. La historia del cocinero chino que tenía la

mayor capacidad de asombro que nadie había visto y no le creían. La del cementerio sonorense en ruinas que mi padre y su hermano cruzaban al anochecer en bicicleta rodeados de resplandores fosforescentes en el aire, que literalmente eran de los huesos de los muertos que escapaban en polvo de las tumbas viejas; y cómo al final los dos se tiraban con todo y ropa y bicicletas al río "para lavarse a los muertos". Ahí oíamos historias de la revolución, de la guerra cristera y de la guerra contra los yaquis. Otras historias de los parientes que se habían quedado en Sonora y no conocíamos. Pero también de los que se habían muerto pero que no extrañábamos porque, afortunadamente, venían cada noche en sueños a conversar con mi abuela materna.

En esa escalera mis primas se hicieron mis mejores amigas y luego hasta me fui enamorando, lógicamente, de cada una. Siguen siendo muy bellas. No hay muchas fotografías de la escalera. En una que me prestó mi prima Patricia Ruy Sánchez, y que debe haber tomado mi tío Luis Ruy Sánchez, aparecen algunos de mis primos: sus hijas Tany, con la lengua de fuera, Paty cargando a su hermanito Raúl o a Sergio Borja Ruy Sánchez. Al lado, Elsa Borja Ruy Sánchez, muy sonriente, y a su derecha su hermano Eduardo y su hermana Ana Lilia un poquito atrás. Y atrás de ella, hasta arriba, mi hermano Joaquín. Estoy a su izquierda, en cuclillas y con la boca abierta. Soy el único que mira a la cámara. Alguien, a la derecha del fotógrafo, atrae la atención de todos, tal vez nos cuenta un cuento, o nos hace cantar o gritar o decir alguna palabra inventada por él en ese momento.

En esa familia sonorense por casi todos los costados, emigrada a la ciudad de México unos diez o quince años antes, las reuniones eran muy frecuentes. Algunas temporadas nos veíamos cada semana, sobre todo en mi casa que estaba en un suburbio, rodeada de lotes baldíos, casi en el campo. Hacíamos también campamentos y excursiones. Pero la cena navideña en casa de los abuelos era la reunión de reuniones. Convergencia y solución de todos los sueños y de todos los problemas. Amanecía y nadie se había ido, la escalera estaba cargada de sueños, la piedra de granito de los escalones estaba caliente, y nos despegábamos poco a poco de la escalera como si nos arrebataran nuestros juguetes, el juguete de tenernos y contarnos unos a los otros esos mil cuentos y juegos compartidos. La escalera mágica nos sacaba de viaje pero al final su poder consistía en llevarnos hacia nosotros. ¿Parece extraño ahora que, como regalo de navidad, un día haya deseado tener una escalera?

A la memoria de los que conocieron con nosotros las bondades de esta escalera y se nos han adelantado por la otra.

6. Entre la Gloria y el Paraíso

Cuando cesa la lluvia que nos acompañó el insomnio
quedamos indefensos. Y no sabemos ni ante qué.
AURELIO ASIAIN

Vivo y velo entre la Gloria y el Paraíso. Entre la sala de cine
Gloria y el Hotel Paraíso. Un hotelito de paso en la esquina
de mi casa, cubierto de azulejos muy pequeños, como se
usaban en los años cincuenta. Y un letrero en el muro, que
en otra época podía ser leído al mismo tiempo que el gran
anuncio luminoso del cine. Como eco uno del otro, como
promesa de alcanzar la gloria en el Hotel Paraíso y el paraíso en el Cine Gloria.

Cuando la noche ya muy avanzada me entrega sus
silencios, detrás del canto de los grillos y las chicharras, a
lo lejos pero rebotados en los muros de las azoteas hasta
mi ventana, se oyen claramente los resortes de los colcho-
nes en los cuartos más altos del hotel. Rechinan a ritmos
desiguales que siempre se aceleran. Y de pronto, un grito
o dos. Algunas noches hay conciertos corales. Rara vez.
Pero qué bien combinan con los cantos nocturnos de los
grillos. Y con mi lectura o escritura de madrugada. Siempre despiertan mi sonrisa cómplice sin que ellos, los gri-
tones y los grillos, puedan saberlo. De la misma manera
que los actores felices en las películas no pueden sospechar
qué tipo de felicidad y de sonrisa despiertan en nosotros
cuando los vemos.

La entrada al hotel permanece discretamente abierta detrás de una alta cortina de árboles frondosos. Truenos
siempre verdes. Entre ellos se escurren las parejas clandes-
tinas que casi siempre caminan por ahí mirando al piso.
O mirándose fijamente a los ojos. Me alegra cuando paso
por ese sendero arbolado y a la hora que sea hay alguna

pareja con la mirada hundida uno en el otro. Me gusta verlos por azar, huidizos, entre nerviosos o ya desde antes extasiados. O cuando salen con unas sonrisas que no les caben en la cara. Sobre todo ellas, con frecuencia más libres para mostrar con el lenguaje del cuerpo sus placeres. Qué rostros de placidez he visto ahí, de golpe, al doblar la esquina. Y cómo alegran el día.

La otra noche, en medio del concierto de gritos y grillos, justo abajo de mi ventana, alguien instaló una marimba grande y un par se pusieron a tocar mientras otro recorría la calle gritando "¿Quiere coooperaaaar? ¿Quiere coooperaaaar?" Era tarde pero nadie parecía molestarse. Concierto a domicilio. La calle es muy tranquila siempre. Los hoteles de paso imponen discreta tranquilidad. Y más de noche. Esos músicos ambulantes irrumpían más de lo que pensaban pero la gente les daba dinero casi en cada casa. Algunos, me imagino, para que se fueran ya. Eso ha sucedido a los que de pronto vienen con una tambora. Pero una marimba es excepcional. Hubo unos vecinos a los que sí perturbó notoriamente y de manera muy positiva. En la casa de enfrente, por las ventanas se asomaban y sonreían sin cesar hacia los marimberos nómadas. Y es que ahí viven los famosos Hermanos Zavala. Vecinos muy cordiales que tocan la marimba de manera profesional. Yo los vi por primera vez hace muchos años en uno de los noticieros que pasaban antes de la función en el Cine Gloria. Y después en la televisión. Eran una sensación, además de por lo bien que tocaban, porque eran once hermanos con sus marimbas, todos al mismo tiempo en escena. Un despliegue sólo comparable en aquella época a las coreografías acuáticas de Esther Williams. De esas cosas que el cine solía dar. Nunca imaginé que vivían al lado. Aunque tal vez en aquella época vivían en otra parte.

Yo no vivía entonces en este paréntesis doblemente edénico sino muy cerca, en la calle de Medellín un tiempo y otro en la de Coahuila, alternando con estancias largas y cortas en Sonora y Baja California. Entre los grandes placeres que recuerdo de niño, además del Parque México y la extraña calle de Ámsterdam, estaba el mercado de Medellín y los varios cines de la zona. En una época, muy especialmente, el cine Gloria, que estaba en Campeche, casi esquina con Manzanillo, a tres calles de mi casa. Aunque era un cine grande para los criterios actuales, no era de los grandes en su tiempo. Grande era el cine Estadio, a unas cuantas calles. Ahora convertido en templo de una secta. Y después grande y moderno fue el cine Las Américas. Que por poco se convierte en el salón de baile que sería el relevo de lo mejor del Salón 21, cuando su dueño era Miguel Nieto, pero cuya estructura está dañada. Al cine Las Américas iba la gente de las colonias Condesa, Escandón, Roma y muchas de las del sur, hasta San Ángel, antes de que después existiera el cine Manacar en la calle de Insurgentes y Río Mixcoac.

Cuando yo era niño el cine Gloria ya había pasado su mejor época y nunca fue renovado. Y ese era parte de su encanto. La marquesina con frecuencia lucía letras accidentadas. Una T muy rota, una L que colgaba como pistola de gangster asesinado, una O que pertenecía a otra tipografía y era muy evidente. De niño me quedaba contemplándolas mucho tiempo en la marquesina apagada. Y me preguntaba qué había pasado con las O de ese juego. ¿Se les habrán roto o perdido? ¿O alguien se robó las O del cine por alguna razón desconocida para mí? Imaginaba historias de mi detective favorito entonces, inventado por Mark Twain, Cabezahueca Wilson(como traducían entonces Pudden'head Wilson), en las que el robo de las O del Cine Gloria era el misterio a resolver. Y el detective lo lograba gracias a las huellas digitales sobre el resto de las letras. En cierto momento el menospreciado Cabezahueca les decía que el nombre del asesino estaba escrito en las otras letras aún colgadas formando el título de la película. Los policías comunes y normalmente bobos leían y leían sin entender hasta que el detective Wilson les demostraba que las huellas eran otro alfabeto dentro del alfabeto.

En el cine Gloria, antes de cada película, como en casi todos los cines de México entonces, mostraban una sesión de "cortos". Que eran como unos noticieros mezclados con reportajes breves sobre cualquier tema. Y el monopolio de ellos en una época los tenía un productor llamado Demetrio Bilbatúa. Escuchar su nombre al inicio de todas las funciones era como si mencionaran una especie extinta de dinosaurio. Porque como la sala de cine, sus cortos tenían la apariencia de pertenecer a la época en que nuestros padres eran muy jóvenes. O incluso antes. La voz que presentaba todo era muy engolada y solemne hasta para decir lo supuestamente informal. Y les gustaba poner como sonido de fondo el ruido que hacían los motores de las cámaras filmando. Que al principio uno que nunca hubiera asistido a una filmación identificaba sólo como un ruido molesto, extraño en una película. Eran graciosos por lo malos que eran y el enorme esfuerzo que hacían por ser graciosos despertaba sentimientos de extrañeza y algo de piedad. Una ventaja: cualquier película mexicana o extranjera, por más mala que fuera lucía muchísimo después de los "cortos" de Bilbatúa. Eran tan malos que no nos permitían apartarnos de la conciencia de que estábamos dentro de un cine, con su decorado interno particular y su espíritu de palacio del barrio.

Cuando había una película ya no estábamos en el cine Gloria sino en otro lugar. En ése donde la película sucediera. Ahora me doy cuenta de que no tengo ni un solo recuerdo que me permita relacionar una película con alguna sala en especial. Tal vez la película es como tener un sueño y la conciencia feliz de estar en una sala de cine abrazados por la obscuridad es como vivir un afortunado insomnio.

El cine Gloria se volvió con el tiempo, y por unos cuantos años, una discoteca llamada El Cine, facilitando el paso de la Gloria al Hotel más que antes, supongo. Ahora es un edificio de apartamentos tan alto que desafía las normas elementales de seguridad para temblores en la zona. Como en las películas de gángsters que veíamos en el cine Gloria, los planificadores de fechorías llevan a cabo sus planes y convierten al cine en especulación inmobiliaria con un lado sombrío. Como si lo de adentro del cine se hubiera salido, hubiera destruido el cine y construido departamentos muy peligrosos para sus futuros compradores sabiendo que a esa altura los edificios en esta zona tienen una alta fragilidad por una especie de chicoteo que termina por derruirlos. Inquieta pensar lo que puede suceder. Pero esa es otra película, la de los indefensos.

7. Evocación nocturna del claustro jesuítico

Cuando pienso en los insomnes de otros tiempos, capaces de delirios desmesurados, creadores, arrojados al contacto con lo invisible y lo divino, me viene a la mente inmediatamente la figura de Ignacio de Loyola, mucho antes de ser santo, encerrado en una biblioteca, curándose lentamente de una lesión gravísima en la pierna mientras leía con los ojos llenos de fiebre cientos de vidas de santos.

Es apasionante su autobiografía, dictada a un amanuense en tercera persona, porque describe con detalle cómo esos desvelos de la convalecencia se poblaron de lecturas que permearon su cuerpo herido como esponja y se fueron convirtiendo en su vida.

Yo también he tenido como una de mis lecturas de desvelos ese fabuloso libro del dominico del siglo XIII Jacques de Voragine: *La Leyenda Dorada*. Pero yo leo sus mil y una biografías de santos como las mil y una noches. Lo mismo que el no menos delirante *Flos Sanctorum*, del siglo XVI, obra de un biógrafo de San Ignacio, el padre Pedro de Ribadeneyra. Incluso he gozado ese fantástico manual de vuelo disfrazado de biografía ejemplar que se llamó *La Imitación de Cristo*, donde se habla claramente del ejemplo de los santos y de los ejercicios que deben hacer los hombres religiosos. Y que muy bien puede haber sido una de las lecturas transformadoras que cita San Ignacio. Para mí, en mis desvelos, todo ese mundo de superpoderes del alma y humillaciones del cuerpo era literatura hecha con cuerpos apasionados, llenos de dudas, delirantes pero capaces de llevar sus delirios a la vida y compartirlos con otros, incluso con nosotros. Yo no puedo dejar de leer todo eso en un escenario y una perspectiva que el ámbito barroco de mis insomnios llenaba de mil consideraciones paralelas. Y en todas esas lecturas tenía presente esa provocativa frase tan citada de Emile Cioran, digna de inquisidores jacobinos: "No existe santidad sin voluptuosidad y sin un refinamiento sospechoso. La santidad es una perversión inigualable, un vicio del cielo."

Tengo la impresión, necesariamente llena de dudas, de que varias de mis manías más radicales vienen de los muchos años en que fui alumno de jesuitas. Digo manías por describir obsesiones tanto intelectuales como de actitud vital, que algunas veces pueden ser cualidades y en muchas ocasiones ser defectos. Creo que la manera específica en que comprendo, enfrento y llevo a cabo mis dos profesiones, la de editor y la de escritor, está marcada profundamente por ese paso intenso y muchas veces dramático por esa máquina de formación y deformación que son las escuelas jesuitas. Un edificio, una maquinaria de iniciación a la vida que tan sólo de forma figurada, por supuesto, llamo claustro. Puesto que la idea misma de un lugar cerrado, de claustro claustrofóbico, va en contra de los principios de la orden y de su idea de educación.

Durante seis años fui alumno del Instituto Patria y después, cinco más, de la Universidad Iberoamericana. Es decir que cuando tenía poco más de veinte años, una década y un pico de mi vida habían transcurrido en el "claustro jesuítico". Pero mi vínculo estrecho con la educación jesuítica estaba ya sembrado desde mi casa. Comenzó con mi abuelo paterno, un niño sonorense, del pueblo de Álamos, en la orilla del desierto, cuyo padre hacía dos veces al año un largo viaje de varias semanas a caballo para ir a internarlos, a él y a su hermano, en lo que él pensaba que era la mejor escuela más cercana, el colegio de jesuitas de San Juan de Dios en Saltillo. Muchos años después, mi padre, con su familia emigrada a Guadalajara, pasaría por el Instituto de Ciencias, el colegio jesuita de esa ciudad. En ambos, lo que expresamente valoraba de esa educación era una incesante curiosidad por el conocimiento muy por encima de la religión o la moral. Pero sobre todo la exigencia de prepararse para ser felices y hacer felices a los otros. Lo decían y lo llevaban a cabo. En ambos era evidente una paradójica tensión para ser relajados pero vigilantes, sonrientes pero listos para la ironía (la sonrisa crítica), suaves pero firmes, tal vez dispuestos para la batalla pero nunca, absolutamente nunca violentos, extremadamente atentos a las formas estéticas, conscientes de que siempre forma es fondo. Y, muy importante, la convicción de que para dirigir o controlar una situación no es de ninguna manera necesario hacerlo evidente. De todo esto, que en gran parte los describe, se hablaba de vez en cuando en el ámbito familiar atribuyéndolo claramente a los colegios jesuíticos.

Como parte de ese peculiar cuadro de valores y actitudes, entendido muy a su manera, ambos veían en el dinero una herramienta y nunca una meta. Y estaban orgullosos de ello. De tal modo que cuando llegó el momento de que yo fuera al Instituto Patria mi familia no tenía capacidad de pagarlo. Y hubo notables esfuerzos de mis padres para hacerlo. Lo cual introdujo en mí una aguda conciencia, reiterada cotidianamente, de no pertenecer a la misma clase social que la gran mayoría de mis compañeros. Para colmo yo vivía en las afueras de la ciudad, en el pequeño pueblo de Atizapán de Zaragoza, sin teléfono, con varias horas de viaje diario en transporte público entre mi casa y el colegio.

Era una escuela con una historia más que centenaria pero llena de metamorfosis, de larga tradición, de rituales añejos y de una gran exigencia intelectual. Funcionaba en los estudios con sistemas piramidales de pertenencia: terminaba la preparatoria sólo la quinta parte de quienes comenzaban la secundaria, seis años antes. A la presión compartida por todos yo sumaba la responsabilidad del esfuerzo familiar por pagar la escuela. Todos sabían que tenían que dar algo más de lo que se pedía normalmente para seguir siendo, año con año, de los que no eran excluidos. Las exigencias de la Secretaría de Educación, o de la UNAM en la preparatoria, eran vistas como una especie de sótano intelectual, un nivel muy bajo que se satisfacía simplemente con la inercia. Se imponía entonces una exigencia mayor. En los deportes, que eran muy importantes en el Instituto, se vivía la misma intensa confrontación con los compañeros y, sobre todo, frente a otras escuelas. Lo mismo sucedía con las artes, el teatro, la oratoria y la música. Había una efervescencia escolar, llena de actividades, de guerras internas y externas, de éxitos y caídas, de tradiciones y exigencias. Muy pronto me incliné por trabajar en la edición de los periódicos escolares y a ella me dediqué varios años. La biblioteca del colegio fue durante mucho tiempo mi oficina de editor escolar y mi refugio. En ella afirmaba con frecuencia las semillas sembradas en las clases o en muchas de las conversaciones y seminarios especiales con maestros.

Recuerdo como revelaciones entre aquellos estantes de libros, varios momentos clave de contenido jesuítico que me parecían terribles y sembraban en mí la inconformidad: por ejemplo, la historia de Teilhard de Chardin, filósofo científico que fue obligado por la orden al silencio, como antes el poeta Gerard Manley Hopkins. O el momento en el que comprendí que San Ignacio y su empresa eran de verdad delirantes. Que Ignacio, el playboy de su época, en el momento de su conversión asombrosa fue como una especie de Quijote que en vez de haber leído libros de caballería llenándose del deseo tenaz de ser un héroe más de esas novelas, leyó durante su convalecencia biografías de santos y deseó ser uno de ellos. Y su locura contagió a cientos que se lanzaron a las misiones alrededor del mundo tejiendo una épica increíble.

Pocos personajes novelescos tienen historias tan apasionantes y tan delirantes como las de Eusebio Kino en el desierto mexicano o Mateo Ricci en China. Y su delirio tuvo su raíz en los insomnios de San Ignacio en una biblioteca con vidas de santos.

Cuando estuve por primera vez en China no descansé hasta encontrar la tumba de Ricci, el primer occidental al que se permitió ser enterrado en los terrenos imperiales de Pekín. Es actualmente un pequeño jardín anómalo, con cerca de ochenta tumbas en lápidas de estilo chino antiguo, asombrosamente preservado en medio de una moderna escuela de comercio exterior con arquitectura de final del siglo pasado. Las aventuras de Ricci han poblado mis insomnios sin descanso. Una de sus muchas invenciones, el palacio de la memoria: lo recordable como ámbito, me habita obsesivamente desde aquellos días escolares.

Recuerdo especialmente el momento en el que comprendí una dimensión sustancial de la poesía mística, la dimensión erótica. Fue cuando deduje que la idea jesuítica, presente en los *Ejercicios* de San Ignacio, de que se puede llegar a Dios a través de las emociones y no necesariamente del contenido de las palabras era tan revolucionaria en su tiempo porque equivalía actualmente a la idea islámica de que se puede llegar a Dios a través del sexo. Y que ahí estaba la clave de los rituales barrocos a los que asistíamos.

De la biblioteca hacia afuera del figurado claustro venía una de las preocupaciones jesuíticas de aquellos años, a las que fui especialmente sensible. La idea de la posibilidad de un cambio social. Documentada ampliamente en los libros marxistas de la biblioteca, para comprenderlos había que salir hacia la realidad que nos rodeaba. Varios de los jesuitas llevaban a cabo trabajo comprometido con las comunidades más necesitadas de la ciudad y varios de los estudiantes participábamos activamente en ello. Recuerdo el momento en el que comprendí que un ingrediente sustancial que motivaba el compromiso de mis compañeros era la culpabilidad. En la cual yo nunca nadé con la misma intensidad puesto que aquella antigua conciencia de no pertenecer a la misma clase social que muchos de ellos siguió vigente. Pero lo importante era entonces salir del claustro, del encierro, del ámbito que daba la espalda a la realidad de nuestra sociedad.

La preocupación política estaba viva y creciendo en la columna misma del colegio. (Y condujo finalmente a su clausura en 1970 entregando la educación de esa élite social a las manos, no siempre limpias y confiables como se ha demostrado, de otra orden, la de Los legionarios de Cristo. Pero esa es otra historia.) Hubo jesuitas implicados en movimientos sociales extremos en varios puntos del continente. Y hasta las clases de religión, como aquellas de una materia que se llamaba Apologética, o la defensa argumentada de Dios, se convertían en lecciones de ardua polémica social. No por nada cuando el movimiento zapatista se hizo público reconocí inmediatamente en las primeras declaraciones de Marcos las huellas de aquella educación jesuítica. Y en sus argumentos y métodos las lecciones elementales y claras de aquella guerra mediática o guerra de las ideas que era la Apologética. Le dije a mi esposa inmediatamente: Marcos es o fue alumno de jesuitas. Y no me equivoqué.

La universidad jesuítica era, para quienes nos formamos en el claustro previo, una versión *light* de la educación que habíamos experimentado. Y era enervante, por ejemplo, que las clases de filosofía en la Universidad Iberoamericana de aquellos años setenta las dieran beatos de preparación mediana y mediocre y no jesuitas. Profesores que nunca leían ni nos hacían leer los textos originales sino manuales sobre ellos. Fuentes secundarias. Sabíamos que había jesuitas mexicanos de alto nivel pero que vivían fuera de México. Como un especialista en el existencialismo enviado como supuesto premio a Dinamarca. Nos quedaba la sensación de que la educación jesuítica humanista de alto nivel y exigencia, en algunos campos como la filosofía, no en otros por supuesto, había sido también en la universidad virtualmente clausurada: nuevo sentido y conjugación de la palabra claustro aplicado metafóricamente a la clausura de la educación jesuítica y de la radicalidad de sus principios.

Las ediciones que hemos llevado a cabo en *Artes de México*, desde hace varios años bajo la dirección lúcida de Alfonso Alfaro, dedicadas a la idea jesuítica de la educación, el arte, la ciencia y otras dimensiones de la vida donde la huella fundamental de la Compañía y de su fundador está presente, nos han enseñado a comprender una parte de lo que somos por contraste con otras sociedades. Y a valorar la vigencia de una concepción fértil que sigue viva aquí y allá y que incluso es necesaria como contrapeso y antídoto a muchos de los males que la modernidad mal entendida que vivimos nos impone en el mundo. Hemos aprendido el valor de ser barrocos. Una lección que quisiéramos difundir cada día más ampliamente.

Como comencé hablando de claustro, de edificio en el sentido figurado, quisiera terminar contradiciendo esa figuración y regresar a la materialidad del término para hacer una evocación del edificio mismo del colegio y lo que significó para mí. Sobre todo porque ha sido destruido y en su lugar, significativamente, se levanta un horrible e impersonal centro comercial.

Durante seis años, de los doce a los dieciocho, pasé mis días en un laberinto. Tenía la forma de un edificio enorme, recubierto de tezontle, esa piedra roja que dio carácter al centro de la ciudad de México durante siglos. La que Octavio Paz, en un poema, describía como "color de sangre seca". Se entraba subiendo una ancha escalera por la calle de Molière, en el número de resonancias mágicas 222. Ocupaba toda la manzana. Atrás tenía varios patios y gimnasios, una cancha cubierta de basketball, talleres muy diversos, incluyendo uno obscuro de fotografía, cafeterías, sala de billar, una biblioteca cuyo orden e inventario todavía recuerdo; y un enorme teatro con sótanos y pasadizos secretos. En la planta alta había laboratorios científicos que parecían del siglo XIX. Y esa misteriosa antigüedad de máquinas experimentales resultaba fascinante. Las aulas tenían forma de anfiteatro, con techos muy altos, cada hilera a una altura diferente y un sótano enorme debajo de las bancas al que, por supuesto, entrábamos clandestinamente.

La azotea, cerrada con un candado del que siempre encontrábamos la llave debajo de algún ladrillo suelto, era un mirador privilegiado. En esa época remota era uno de los edificios más altos de Polanco. Veíamos las copas de los árboles porque entonces había muchos más en las calles y los jardines privados y hasta en los parques. Entre las disparejas y abundantes manchas verdes, surgían como agujas las torres de las iglesias, la fuente de Petróleos y la masa del auditorio nacional anunciando el comienzo del bosque de Chapultepec. Hacia atrás, el terreno subía hasta la Defensa y antes había ya algunos edificios de departamentos que entonces eran modernos. Sobre todo después de la vías del ferrocarril. Algunos de quienes vivían en la colonia podían ver sus casas.

En ese laberinto extraño y para mí fascinante, que por fuera parecía y se anunciaba como una escuela, fui muchas veces feliz y también lo contrario. Hice amigos que sigo queriendo y aprendí muchas de las actitudes vitales que aún me mueven y que ante diferentes situaciones me hacen ser escéptico o entusiasta, curioso o indiferente, esforzado o distante, exigente o tolerante. En sus patios y gimnasios, cada tarde formé parte del equipo de atletismo y seguramente ahí tomaron forma los pocos músculos que aún tenga o siga perdiendo. En la moderna iglesia de San Ignacio, justo al lado, donde reina todavía una sufriente imitación de un crucificado de Giacometti, tuve mis breves dosis de desliz místico y mi extenso aprendizaje del escepticismo religioso. En las habitaciones de la biblioteca aprendí, como lo dije, que lo interesante estaba también más allá de las aulas. Y en las aulas a sobrevivir y vivir en una dinámica colectiva. Siendo una escuela católica ahí tuve sin embargo maestros de otras religiones y eso era a veces una lección más grande que todo lo que se enseñaba. Como yo vivía en un pueblo muy lejano, más allá de ciudad Satélite, Polanco representaba, como ya lo dije, la entrada laberíntica a la ciudad de México. Y cada tarde, sobre la calle ancha de Ejército Nacional tomaba el primero de los "aventones" o en su defecto de los camiones que me llevarían hacia el norte. Hacia la casa familiar, hacia Atizapán y sus fantasmas. Polanco era para mí sobre todo ese edificio del colegio, ese claustro, ese mundo introvertido e interminable, retador y entusiasmante que, antes de ser un centro comercial idéntico a tantos en el planeta, presumía con orgullo ser un lugar de excepción y de excelencia por sus efectos en cada uno de nosotros. El claustro clausurado.

8. El fantasma más equívoco del pueblo

> La Historia es con frecuencia
> un fantasma equivocado.
> FRANÇOIS DE LEGUR

El insomnio es a veces como un río que recoge todo lo que encuentra a su paso y se lo lleva a su cauce, a su lecho. Como aquellas súbitas inundaciones que de cuando en cuando sorprendían sin sorprender al pueblo de Atizapán de Zaragoza porque muchas calles y casas habían sido construidas sobre cauces de ríos que sólo existían cada dos o tres o cuatro años, cuando regresaban las lluvias desmesuradas. Recuerdo claramente estar despierto a media madrugada y escuchar como música de fondo de lo que estuviera leyendo, escribiendo o pensando, el ritmo de una lluvia tenaz que no cesaba ni un minuto. Signo certero de amanecer con ríos veloces en las calles y a veces hasta cruzando las casas de la parte baja del pueblo. Despertar algunas veces para ayudar a sacar del agua los autos que en la noche no se habían dado cuenta de que entraban en un desnivel profundo de la calle que creaba un engañoso lago. Amanecer para verificar en la entrada de la casa que todo lo que arrastraba el río nuevo no hubiera tapado las sencillas esclusas de madera que mi padre había diseñado para que se cerraran y abrieran al ritmo de los excesos de la corriente.

Y se me agolpan en la memoria los sonidos de las noches siguientes, sobre todo si había luna llena, con el estruendo de miles de ranas croando, misteriosamente, como nunca en el año lo habían hecho. Esas voces del estanque sorpresivo se confundían con todas las voces de los muertos, de las lecturas, de los fantasmas que poblaban mis noches y días indiferenciados. Y nunca se sabía qué había acarreado exactamente cada vez el río del insomnio revolviendo y arrastrando sensaciones, memorias e ideas flotantes y peregrinas.

¿Cómo croaban y se asomaban a mi mundo pequeño, a mi tejido de ecos leves, los grandes rugidos de la Historia? ¿Cómo ésta, tan mayúscula, se concentraba para caber en las historias que acarreaba el lecho inquieto de mi insomnio? Un vecino muy peculiar, el coronel Rodolfo Schweitger, un anciano siempre uniformado que había sido militar belga en el Congo, espía y domador de leones, según contaba, sin quererlo me despertó intensamente la curiosidad de leer sobre el colonialismo europeo en África y después descubrir a Joseph Conrad y su maravilloso *Corazón de las tinieblas (Heart of Darkness)*. Brindándome así sensibilidad e información para disfrutar excepcionalmente años más tarde la obra de Francis Ford Coppola, *Apocalypse now*.

Otro personaje central de aquel ámbito fue el cura franciscano Alberto Rincón Gallardo, quien era además el mejor amigo del coronel belga, autodeclarado ateo militante. El franciscano le encargaba a mi padre, que era pintor entre otros oficios, los dibujos de los carteles que anunciaban las fiestas de la parroquia y le prestaba a mi padre libros de arte que él no podía comprar ni conseguir. Un día le prestó dos libros de pintores de la ciudad mágica de Siena. Y esos cuadros de los siglos XIII y XIV italianos se convirtieron en mis visiones y delirios durante muchísimas noches. La Anunciación del pintor Simone Martini, o su retrato mural del caballero Guidoriccio da Fogliano me tenían hipnotizado.

Los murales asombrosos de las alegorías del buen y del mal gobierno y sus consecuencias en la ciudad de Siena, de los hermanos Pietro y Ambrogio Lorenzetti eran increíbles lecciones de historia y de arte al mismo tiempo. Por esas imágenes se metió no sólo la Historia en mi vida sino el deseo difuso de vivir en Siena. Muchos años después Magui y yo lo realizamos y sigue siendo una de nuestras ciudades de elección. Ciudad medieval y gótica de mis insomnios y delirios que por ser sede de una fabulosa escuela de música, la Academia Chigiana, uno recorre escuchando invariablemente a los estudiantes practicar en sus casas añadiendo a la belleza tremenda de la ciudad una dimensión sonora inigualable. En esa escuela tomamos Magui y yo un curso breve sobre Música y Cine con Nino Rota, el compositor de todas las películas de Fellini. En esos meses él trabajaba en *Casanova* y nos hacía escuchar sus arreglos para las diferentes escenas y el por qué de cada uno. Todo eso tuvo su semilla en los insomnios de Atizapán, con los libros del franciscano extravagante.

Pero en aquella época el mayor asomo a la Historia, así, con mayúscula, fue uno exclusivamente equívoco. Y fue la historia de un fantasma de mi pueblo, o que decían oficialmente que era de mi pueblo, y que gobernó a México.

Todos los niños de Atizapán nos enteramos una mañana, a finales de mil novecientos sesenta: nuestro pueblo estaba embrujado. Y lo habitaba un fantasma que era tan famoso que según decían, hasta lo podríamos ver en los periódicos y en la televisión: en el pueblo le decían Adolfito. Pero ya que lo vimos nos dimos cuenta de que no era un niño como nosotros sino un señor, al parecer, muy sonriente.

Se lo había contado, muy segura, doña Gertrudis, la dueña de la panadería, a la mamá de Tono, un vecino de mi edad: "Si se aparece es de milagro. Nunca lo vemos ni lo veremos porque nació aquí de casualidad, su madre lo parió de pasadita. Mucha gente pasaba acá las fiestas de mayo porque antes el pueblo era muy bonito. No como ahora que hay puro coche y polvareda y nadie viene aquí de vacaciones. Antes, Atizapán estaba lleno de huertas y albercas. Y se llegaba en tren. Pero tiraron todos los árboles para echar cemento y chapopote. Antes, las fiestas eran muy lucidas, con peleas de gallos y corridas. Venían familias de todos los alrededores y más allá. Hasta venían de la ciudad. Los papás de Adolfito venían de México en un trenecito de mulas. Ahora hasta le dicen don Adolfo y todos lo invocan y lo extrañan sin haberlo conocido, nada más porque se hizo importante: pero para mí como si fuera un fantasma."

La historia del fantasma corrió esa tarde entre los niños más veloz que la luz fugitiva del sol. Y antes de que anocheciera nos tenía ya muy impresionados y algo temerosos. Hasta que lo vimos, por suerte bien aprisionado en la misma caja en la que veíamos a Enrique Alonso, Cachirulo, y al capitán Dick Turpin y al Capitán Cosmo en el show del consomé Rosa Blanca: la jaula de los fantasmas. Cuando salió en la pantalla, en blanco y negro, los niños nos decíamos unos a otros, muy excitados, "Ahí está el fantasma, el fantasma de Atizapán, el fantasma de doña Gertrudis, nuestro fantasma".

Vivía en esa especie de purgatorio, aparecido en ese otro mundo gris de la televisión que, por fortuna, no era el nuestro. Eso nos tranquilizaba. Que cada cosa esté en su lugar da certeza a los niños. Y no conocíamos a nadie que hubiera estado en el mundo aquel y que luego estuviera en el nuestro. Los fantasmas están muy bien en la sala de las casas sólo si se quedan sin salirse de la caja de las imágenes deslavadas.

Lo mirábamos sonreír y saludar, ir a las carreras y hacer discursos como si estuviera vivo. Siempre esperábamos que mencionara a Atizapán pero nunca lo hizo. Lo vimos pasearse en coche convertible cuando vino Kennedy a México. Recuerdo que era un Lincoln sin techo. Tres días seguidos estuvieron juntos y una noche, todo mundo lo comentaría más tarde, Kennedy elogió el reloj del fantasma, quien se lo quitó de inmediato y se lo dio de regalo. Había quienes admiraban el gesto "tan mexicano": "mi casa es su casa, mi reloj es su reloj". Otros lo criticaban: "Qué arrastrado, nada más falta que también le ofrezca a la esposa", como en esa película francesa, *Las reglas de la hospitalidad*, que tanto escandalizaba a los mayores. Y, en Atizapán sería el tema más recurrente en todas las sobremesas, coronado siempre con un reproche: "Muy bueno para darle a los gringos pero para hacer mejoras en su pueblo, nada". Era el gran ausente. Y cuando al año siguiente mataron a Kennedy y la noticia se repetía mil veces nos dijimos: "Por eso iban juntos, ya son espíritus los dos". Y estábamos seguros de que cuando lo habían matado en Dallas, Kennedy llevaba puesto el reloj de nuestro fantasma.

Poco a poco nos enteramos que si salía tanto en la televisión y en los periódicos era porque en esa época era presidente de México y que había nacido en Atizapán casi cincuenta años antes. Y que cuando doña Gertrudis hablaba de fantasmas lo hacía "en sentido figurado". Ahí aprendí que "sentido figurado" quería decir que las cosas son más complicadas de lo que se dice y que lo que se dice no es exactamente verdad.

Aquella escena incierta de mi infancia reunía de golpe dos épocas muy distintas de un pueblo típico del Estado de México, el pueblo de Atizapán de Zaragoza en el año en que nació Adolfo López Mateos, y el mismo casi cincuenta años después, en el vértigo de convertirse en un suburbio más de la gran ciudad: el año de 1910, unos meses antes de la Revolución, y 1960, durante su período presidencial de 1958 a 1964. En la época no parecía gran cosa, pero algunas personas de edad avanzada en el pueblo habían vivido las dos épocas, por más distantes que estuvieran. Y hablaban de ellas a la vez con entusiasmo por el futuro posible de su pueblo y con nostalgia de lo que fue.

Para los viejos de Atizapán, el nacimiento de López Mateos estuvo intensamente marcado simbólicamente por haber sucedido durante las fiestas de mayo, opuestas a las fiestas de octubre. Las de mayo eran las fiestas del triunfo del general Zaragoza en Puebla contra los franceses. Fiestas liberales, como decían quienes querían darle más importancia a las otras fiestas del pueblo, más antiguas es cierto y más arraigadas en la población indígena, las de San Francisco, alrededor del cuatro de octubre. Desde siempre ambos festejos competían en tamaño y duración. Los de mayo imponían desfiles militares y escolares, los de octubre organizaban tremendas "kermesses franciscanas" que atraían a gente de todos los pueblos vecinos, de todas las parroquias. Los de mayo traían ferias y circos y charreadas, y orquestas danzoneras de todas partes que tocaban durante dos semanas en el balneario y el frontón convertidos en gran salón de baile.

Atizapán creció con una tensión social que se reflejaba en la geografía del pueblo, en sus fiestas y en la distribución de sus espacios públicos. Rodeado de cerros, algunos muy lejanos, fue en un principio pueblo de indios de origen otomí. Aunque hay vestigios de por lo menos otras seis poblaciones, entre ellas chichimecas, matorralos y acolhuas. Con inmensos sembradíos de maíz y de magueyes en las zonas fértiles de sedimentación de los caudales temporales. Muy poco después de la conquista, en 1537, una Cédula Real de Carlos V reconocía a los indígenas de la amplia zona de Atizapán la posesión de esas tierras. Cuatro años tardó en llegar a América esa cédula que finalmente hizo ejecutar el Virrey Antonio de Mendoza ordenando que las tierras fueran medidas y entregadas a sus dueños, con prohibición expresa de venderlas o negociarlas de cualquier forma. Esto último como medida protectora de los indígenas, conociendo la voracidad de intermediarios ladinos y de los crecientes latifundistas españoles y criollos. La inmensa y eficiente producción indígena de maíz, frijol y agave era activamente codiciada. Y ya en 1595 las leyes protectoras habían sido ampliamente desobedecidas. (*Tierras y Aguas*, en el Archivo General de la Nación, volumen 1223, expediente IF-154.)

Los sacerdotes franciscanos se establecieron en Atizapán desde 1600 convirtiéndose en defensores de los derechos indígenas y estableciendo parroquia en un extremo del pueblo, junto al río, en la salida hacia la región más bien montañosa de Villa del Carbón. Se construyó muy cerca de lo que entonces ya se llamaba Cerro Grande y que era la principal concentración de viviendas indígenas. Ahí se encuentra todavía la iglesia franciscana, detrás de un puente que alguna vez fue importante. El pueblo se llamaba entonces San Francisco Atizapán. La Parroquia fue remodelada arquitectónicamente en el siglo XIX al gusto neoclásico de aquellos años y el atrio dejó de ser cementerio.

Ya para entonces, con las leyes reformadas una y otra vez y en constantes litigios en los que se favoreció mayoritariamente a los nuevos latifundistas, muchas de las antiguas propiedades indígenas pasaron a manos de unos cuantos hacendados y agricultores que hicieron del pueblo y sus alrededores un importante centro de árboles frutales: ahí crecieron zapotes blancos, duraznos, peras, manzanas, membrillos, perones, naranjas, capulines y tejocotes. Los magueyales y los maizales siguieron siendo muy productivos en Atizapán, como tan bien sabían y saben aprovecharlos las poblaciones de origen otomí (véanse los números de *Artes de México* sobre *El Maguey,* 51, y sobre *El Maíz,* 78 *y* 79). Y surgieron en todos los cerros aledaños numerosas minas de esa tierra porosa y amarillenta, tan usada antes en la construcción, que se llama tepetate.

Y se hizo cada vez más evidente la distancia entre los liberales juaristas del pueblo y los habitantes vinculados a los franciscanos. El general Zaragoza, vencedor de Puebla, había pasado por Atizapán muy brevemente en julio de 1862. Los liberales decían que él había venido a agradecer a los atizapences que lucharon en su ejército. Los otros decían, literalmente, que sólo se paró en Atizapán el tiempo suficiente para orinar pero que rápidamente los liberales, muy dados a la genuflexión política, se sintieron muy honrados. Y que eso bastó para que lo convirtieran en símbolo y bandera. Y en 1874, cuando esos liberales lograron que se estableciera un nuevo territorio y gobierno municipal separándose del gobierno de la cercana ciudad de Tlalnepantla, le pusieron su nombre creando el municipio de Atizapán de Zaragoza.

El primer Palacio Municipal, orgullosamente construido con tepetate de la región, se estableció entonces muy lejos de la iglesia, en el otro extremo del pueblo, al lado del antiguo Parque de los Cedros, que algunos años después se convertiría en el Balneario, centro de reunión muy popular rodeado de huertas, con un frontón, y donde ya estaba la estación del tren que transportaba tanto a los paseantes como a la enorme producción frutal, la de los magueyes y la piedra de tepetate. Era el patio de maniobras del tren, símbolo de la modernidad que se deseaba para Atizapán y para México.

La calle principal del pueblo estaba hecha de largos portales donde la gente se protegía del sol y convivía. Como era la única importante y el único eje de paso por la ciudad, a la mitad de la calle la llamaron Benito Juárez y a la otra Miguel Hidalgo. Y enfrente de la presidencia municipal se construyó un zócalo breve con quiosco para orquesta y típicas bancas de hierro fundido que llevaban el águila del escudo liberal en los respaldos. Las mismas bancas que, de origen francés, darían a todos los pueblos de México su personalidad de convivencia cívica ejemplar, de mexicanidad pueblerina en donde ricos y pobres podrían confluir y pasar juntos el tiempo igualándose por un instante en un espacio compartido. (Véase el número 71 de *Artes de México* sobre *El arte del hierro fundido*.)

Cuenta don Arturo Herrera Pérez, en su interesantísima recopilación de *Crónicas de Atizapán* escritas desde 1974 (publicadas por él en 1985), que cuando Adolfo López Mateos nació, Atizapán celebraba como todos los años, durante quince días, la victoria de Zaragoza. Su padre, don Gerardo López, originario de Tlaltenango, Zacatecas, era el dentista de los notables del pueblo que iban a su consultorio haciendo un viaje que los hacía pasar por Tlalnepantla y Puente de Vigas para llegar al barrio de Puente de Alvarado, ya en la ciudad. En otras ocasiones él daba su consulta en el pueblo. El doctor Gerardo y su esposa Elenita, poeta —había nacido en Teloloapan, Guerrero—, eran cada año invitados distinguidos de Atizapán. Pero en ese mayo de 1910, ella estaba embarazada y el nacimiento de su último hijo sería registrado en el pueblo donde la atrapó la fiesta.

Cincuenta años después, cuando yo era un niño más de Atizapán, aquel otro niño que nació ahí de paso ya era presidente de México. Y, como contaba, todos se sentían ofendidos por su ausencia, por la notable falta de interés en su pueblo. Era evidente que Adolfito no estaba encariñado con el sitio. Tal vez simplemente porque no fue donde creció ni hubo identificación afectiva alguna con el pueblo. O por alguna historia que no conocimos. Aunque también corrió el rumor de que no había nacido ahí sino en Guatemala y que, por la amistad de su padre con los notables, al regresar al país con el niño ya nacido lo registraron en Atizapán, como figura en su acta de nacimiento.

Atizapán dejó de ser pueblo en una época en la que se necesitaban diez mil habitantes para comenzar a considerarse ciudad. Ahora se llama Ciudad López Mateos y es la cabecera del municipio de Atizapán de Zaragoza. El antiguo Palacio Municipal fue convertido en un museo que recuerda la vida de "Adolfito" y alberga algunas exposiciones temporales. Un nuevo Palacio Municipal se construyó recientemente, aún más lejos de la parroquia franciscana, rumbo a Tlalnepantla. Y aunque los dos ejes de tensión social han dejado de identificarse entre la parroquia y el municipio, muchos litigios territoriales siguen vivos.

La construcción de Ciudad Satélite y después la ampliación de la carretera México Querétaro hicieron que todo el amplio municipio de Atizapán fuera perdiendo definitivamente su estatuto de pueblo agrícola y se convirtiera en evidente zona suburbana con más de ciento cincuenta colonias y fraccionamientos comercializados activamente a lo largo de cinco décadas. El primero de ellos, alrededor del pueblo, se llamó Jardines de Atizapán y fue creado como oportunidad de especulación inmobiliaria por la misma compañía, Constructora Bustamante, que hizo Ciudad Satélite y en la cual participó el arquitecto Luis Barragán. Pero la especulación fue más grande y más rápida que el crecimiento del mercado inmobiliario y durante casi veinte años Jardines de Atizapán tuvo tan sólo unas cuantas casas rodeadas de terrenos baldíos. Parte importante de la especulación consistió en pensar que esos terrenos subirían enormemente su valor gracias a la atención e inversión que el nuevo presidente daría a su pueblo. Pero no fue así.

De novecientos lotes sólo cinco estuvieron ocupados los primeros años. Y las calles ni siquiera tenían número. Una dirección de aquel tiempo: Lote 6, manzana 17.

Yo viví en una de esas cinco casas, con mi familia, recién emigrada de Sonora. Y otras familias venían de otras partes de la República. Inicio de un esquema migratorio que dos décadas después sería masivo. En aquella época todo un lado de Jardines de Atizapán estaba limitado por la carretera Tlalnepantla-Villa del Carbón, otro lado por el pueblo y los dos lados restantes por inmensos campos de maíz con densas líneas de magueyes en sus contornos. Y detrás de los maizales, uno de los cerros que separaba a Jardines de Atizapán de los fraccionamientos La Hacienda y Arboledas. El cerro que era campo de juegos de los niños que conocíamos y trepábamos cada árbol, cada roca grande, y gozábamos cada brote de agua y cada tuna en las nopaleras.

La dinámica económica inmobiliaria como sustitución de la dinámica agrícola se vio frustrada durante largo tiempo, entre otros factores, por lo inaccesible del pueblo comparado con otros de los alrededores, como Santa Mónica, más cerca de Ciudad Satélite, o Arboledas y La Hacienda, con una estrategia más exclusiva alrededor de un club de golf y una comercialización precisa entre extranjeros de alto poder adquisitivo. Desaparecieron las huertas y luego las granjas y durante la presidencia de López Mateos fue justamente cuando el pueblo, su pueblo aparentemente, se vio como "el perro de las dos tortas" desde el punto de vista del desarrollo y sufrió económicamente su más brusco estancamiento. De ahí la intensidad del reproche que sus ciudadanos hacían a su presidente. Pero para los niños de Atizapán ese desarrollo interrumpido o frustrado era una bendición que nos convertía en dueños en acto de las calles, de los terrenos y de los cerros. Y cuando los demás se quejaban a nosotros nos daba gusto de que Adolfito hubiera olvidado su pueblo y lo dejara seguir siendo eso, un simple pueblo. Una vez al año los terrenos abandonados se llenaban de girasoles inmensos, más altos que nosotros, y los atravesábamos abriéndonos paso entre sus troncos espigados como si entráramos imaginariamente en una selva. Cuando se secaban los quemábamos y cuando la lluvia hacía que todo reverdeciera había oleadas de grillos que atrapábamos con las manos y hacíamos competir en pistas que pintábamos con yeso en el pavimento donde rara vez circulaba un automóvil. Eran tantos los grillos que se te metían en los pantalones mientras caminabas. Cuando comenzaba la época de lluvias algunas avenidas, como la de San Francisco, que había sido construida sobre el cauce de un río temporal, se anegaban. En cada charco crecían cientos de renacuajos que cuidábamos y veíamos transformarse cada día. Hasta que una noche de luna llena, sapos y ranas croaban con tal fuerza que no dejaban dormir. Las vacas y los burros que pastaban en los terrenos vacíos se metían en las casas si te descuidabas dejando la puerta abierta.

En el terreno central vacío, que era un bien común porque estaba destinado a la iglesia de Jardines de Atizapán, algunos padres de familia habían construido, con la ayuda física de todos nosotros, el campo de béisbol que gozábamos mientras no se construyera la iglesia. Como signo del cambio de los tiempos y de que finalmente el crecimiento demográfico del país iba llegando a Atizapán, el terreno comunitario finalmente fue extrañamente vendido a un particular y se convirtió en un negocio de casitas que un vecino influyente hizo suyo.

De la misma manera colectiva, todos los niños y los mayores sembramos en todas las avenidas llegando a formar una especie de bosque que actualmente tiene más de tres mil árboles de más de cuarenta años de edad. Arboleda defendida, incluso físicamente, por los habitantes, y por un combativo Grupo Ecológico, dirigido por mi madre y los vecinos contra los proyectos de cada nuevo gobierno municipal de destruirla para hacer negocios sombríos poniendo más concreto donde nunca ha sido necesario y menos deseable.

El cerro donde jugábamos a nuestras anchas comenzó a llenarse de casas muy marginales ocupando terrenos, con frecuencia a la fuerza. Ahora está completamente lleno. La ancha avenida de acceso al pueblo desde la carretera a Querétaro, llamada Avenida López Mateos, no tuvo suerte. Alguna vez se pensó que podría ser como el Paseo Tollocan, que es la bella entrada arbolada a la ciudad de Toluca. Pero la arbolada de entrada a Atizapán fue semidestruida para sembrar extravagante utilería de concreto y monumentos de dudoso gusto setentero que, en medio de un tráfico sin reposo, todos miran desde lejos extrañando los árboles que fueron secados químicamente y cortados sin avisar. El defectuoso entubamiento del río ha producido serias inundaciones y un paradójico Monumento a la Democracia está ahí como recordatorio inequívoco de lo contrario. Basta con verlo. La comunidad resiste a la impunidad pero no siempre logra hacerlo. Pronto nadie recordará que estos árboles existieron, como las huertas, los ríos, las minas, el tren, el zócalo, las ferias y el balneario. Polvo de la memoria. Referencias geográficas y culturales intercambiadas por nada que dé a la comunidad creciente un uso o un valor equivalentes. El crecimiento demográfico siguió en aumento y los fraccionamientos de mil casitas, muchas veces construidos irresponsablemente por especuladores sobre los cauces de los ríos de temporal y sobre los terrenos frágiles de las minas de tepetate, han sufrido terribles catástrofes. Pero el crecimiento voraz no tiene límites en todas las direcciones del municipio. De manera clara aunque paradójica, el supuesto olvido del presidente López Mateos de su pueblo, que según me dijo personalmente y pidiendo anonimato un secretario que tuvo, nunca fue de verdad suyo, detuvo su deterioro durante muchos años. Y ese detenimiento, ese paisaje de suburbio más campirano que urbano, produjo, entre otras cosas, uno de los paisajes de mi felicidad y de mis desvelos.

Ahora, Ciudad López Mateos ha mudado completamente su cuerpo y su cara, no siempre para mejorar, ha multiplicado su población casi cien veces en cincuenta años, e incluso posee los restos de su celebrado ex presidente en un mausoleo. Y sólo los muy viejos se acuerdan, nos acordamos, de que esas son las cenizas del que alguna vez fuera su más célebre fantasma.

Tres
Elogio del desplazamiento
sonámbulo

El exilio es una especie de largo insomnio.
Víctor Hugo

9. Poesía y sorpresa del camino

El insomnio es el alimento de la escritura.
SANDRA LORENZANO

A mis 18 años, con un deseo inmenso de correr caminos y de encontrar en ellos lo inesperado: sitios y personas inimaginables, experiencias radicalmente nuevas y tal vez el amor absoluto, cayó en mis manos *On the Road,* de Jack Kerouac. Esa novela se convirtió inmediatamente en una presencia que me hablaba todos los días al oído: "Muévete, busca, todo está ahí para asombrarte. Cada camino vivido a fondo se vuelve todos los caminos. Una vía ritual hacia todos los mundos. Muévete. Aunque no tengas dinero, pide aventón, duerme en las plazas, come lo que se pueda, enamórate, descubre lo que no sabes todavía que en algún lugar te espera." Ese viaje en la novela era como un sueño despierto. Un sueño de libertad y desconcierto.

Mi descubrimiento, al inicio de los setentas, de la ciudad de Oaxaca y de las playas nudistas, se hizo bajo el impulso de Jack Kerouac. *On the Road* fue como un ventarrón que además de acarrearme me hizo ver y comprender de qué manera intensa una novela puede ser una experiencia irremplazable. Una novela es una iniciación a dimensiones de la vida que están ahí pero que no siempre somos capaces de identificar.

Así Kerouac me impulsó también a forjar una concepción personal de la literatura como un camino sorprendente y sorprendido: lleno de vida, pero no relatada en clave de periodista sino codificada en el registro de la poesía. Además estaba la historia, ya completamente mitológica, de cómo fue escrita por Jack Kerouac: a partir de experiencias pero transformándolas en función del relato; la historia le vino a la lengua o a las manos como si estuviese poseído e instaló en su máquina de escribir un rollo de telex, para no perder tiempo cambiando hojas. *On the Road* fue una constancia de que cada quien, cada escritor, tiene que encontrar su modo de hacer literatura y de vivir. De que no es necesario ceñirse a las formas literarias establecidas si ellas no son las más adecuadas para lo que se tiene que narrar. Kerouac y *On the Road* fueron mi ejemplo extremo de fidelidad a la vocación artística, de afirmación vital y de libertad.

Con el tiempo vinieron muchos otros momentos de revelación vinculados a la literatura norteamericana. Sobre todo a la poesía: Pound, William Carlos Williams, Langston Hughes y con mayor intensidad me marcó una inmersión en la naturaleza vuelta poesía en los bosques de Robert Frost. Durante un tiempo tuve el deseo de trabajar en Vermont para estar cerca de sus árboles y sus ríos, y pude hacerlo. Pero nada ha borrado la huella iniciática de Kerouac que sigue funcionando para mí como un eje al que vienen a sumarse otras obras, leídas después o antes con intensidad, como los libros sorprendentes y no menos iniciáticos de Herman Melville o los del británico Malcolm Lowry. Mi literatura, la literatura que me devora, es poesía del camino, de la vía secreta de revelación poética y de libertad que es necesario descubrir donde no siempre es evidente.

10. Dos círculos del tiempo

Hubo una época en que mis insomnios me hicieron pensar obsesivamente en cómo manifestar cierta verdad extraña: cuando el gobierno francés decidió condecorarme yo tenía que confesar que mi llegada a Francia había sido por razones muy distintas al amor por el país o por su cultura. Llegué allá por el amor a una mujer, Margarita. Y esa condecoración era realmente por haberla alcanzado. ¿Qué otro ha recibido una medalla por alcanzar a su novia y vivir con ella en la ciudad imantada? Así tuve que escribirlo aquella madrugada previa a la celebración equívoca de mis amores:

Creo en los rituales y en los círculos del tiempo. Creo en su sentido y en su estética. Hace exactamente 25 años, mis padres organizaron una fiesta con familiares y amigos, como ésta, para celebrar mi primer diploma universitario, que había recibido el día anterior, y mi viaje hacia Francia, que haría al día siguiente. Iba a durar ocho meses: duró ocho años. No me imaginaba aquella noche la inmensa aventura vital que me esperaba. Pero la deseaba sin saber formularla. Un deseo difuso de viajar, aprender, transformarme. Convertirme en escritor.

De lo único que no me cabe duda es que ese deseo tan difuso, que a veces tenía demasiada prisa para ser cierto, tomaba cuerpo en la persona que un par de años antes me había iniciado al francés, me había hablado de la gran diferencia entre vivir en Europa y vivir en Estados Unidos, y había planeado conmigo un viaje de estudios a París. Ese deseo de torbellino vital tenía el rostro y el cuerpo de Margarita de Orellana. Por ella me inscribí en el IFAL (el Instituto Francés de América Latina), seguí intensamente todos los cursos de lengua y, sobre todo, pude hacer de su biblioteca mi primera puerta a la cultura francesa. Esa biblioteca, especialmente sus secciones de literatura y arte, y su colección de revistas, fueron la primera inmersión en las sutilezas de una lengua que descubría frase a frase como quien aprende a respirar en otra atmósfera, a probar otros alimentos. Muchas nuevas cosas para compartir con ella.

Pero el día de aquella fiesta de recepción y despedida mi deseo arremolinado crecía tormentosamente porque Margarita había decidido, un par de meses antes, irse por su cuenta, dejando abierta la posibilidad de no vernos sino a su regreso, tal vez.

La beca que me había dado el gobierno de Francia, con la recomendación del director del IFAL, me había sido retirada unas semanas antes por un veto de la Secretaría de Relaciones Exteriores de México con el argumento de que la Literatura no era prioritaria para el país y la beca fue transferida bajo mi mirada a un ingeniero especialista en enlatado de vegetales. De quien luego me hice amigo en París.

Sin embargo, modificando formalmente lo que serían mis estudios de postgrado (en vez de estudiar Literatura de nuevo me inscribí en Ciencias de la Comunicación), antes de dos meses logré alcanzar a Margarita. Me recibió en la Gare du Nord (yo llegaba de Bruselas en tren) y desde entonces nos hicimos cómplices de todo lo que implicaría vivir en Francia los siguientes ocho años de nuestras vidas. Así que, en el fondo, esta condecoración es en realidad por haberla alcanzado. Por haberme convertido en un sonámbulo hacia ella y depositar en su cuerpo todos mis deseos difusos de entrar en otra cultura. ¿A qué otro enamorado le han dado una medalla por perseguir sus obsesiones? Me siento muy privilegiado. Así, esta condecoración es suya antes que mía, por su poder imantado.

Paso a paso, día a día, juntos hicimos de París nuestra ciudad. Todavía lo es. En París aprendimos lo que es vivir en un lugar con una dimensión de belleza viva. Despertar cada mañana hacia una sorpresa. Llevamos "una muy cosmopolita vida de barrio", vida de estudiantes ávidos de conocerlo todo, de vivir plenamente, de cruzar todos los puentes y navegar todos los ríos; al mismo tiempo, por supuesto. Como no teníamos nada nos bastaba con abrir las manos para tener la sensación de que el mundo era nuestro.

París, el dibujo de sus calles, plazas y parques, su red de cafés y librerías, sus cines y restaurantes, fue muchas veces sinónimo de erotismo en su sentido más amplio de encuentro emocionado con el mundo. También aprendimos en París a reconocer nuestras diferencias, tuvimos nuestras crisis, nuestros desvaríos, nuestros inviernos del alma: aprendimos a pasear por la calle nuestra melancolía y a curarla después poco a poco con el primer rayo de sol primaveral en la cara. Aprendimos que la belleza de París también puede ser terrible, devastadora. Y a la vuelta de la esquina todo lo contrario. En París confirmamos nuestra voluntad de estar juntos.

La cultura francesa no era el contenido de ciertos libros sino la atmósfera en la que transcurría nuestra vida cotidiana. Las verduras, el queso, el vino. Lo que comíamos tanto como lo que caminábamos, lo que veíamos en teatros y cines tanto como los cursos y conferencias universitarias que devorábamos como espectáculos. Tuvimos la suerte de vivir una época especialmente rica en las universidades de París. Podíamos ir al seminario de Michel Foucault por la mañana, al de Jacques Rancière un poco más tarde. Al de Roland Barthes después de la comida. Ver la última película de Jean Luc Godard por la noche y discutir con él al terminar la función. Al día siguiente asistir a un seminario ilustrado con diapositivas sobre el viaje de Durero a Italia que dio André Chastel en el College de France, y entrar luego a un muy interesante seminario sobre Kafka que daba un entonces desconocido escritor que venía cada semana desde Rouen y que se llamaba Milan Kundera. Por la noche, en el teatro de Peter Brook, su puesta en escena de *La conferencia de los pájaros,* el libro clásico árabe del siglo XII adaptado por Jean Claude Carriére nos dejaba maravillados y llenos de feliz insomnio.

Pero, gracias al sistema educativo francés, que a diferencia del norteamericano deja libertad completa al estudiante obligándolo en gran parte a ser autodidacta, podíamos no ir a ningún lado en todo el día y dedicarlo a leer y a escribir. El trabajo en las bibliotecas y en los archivos era otra aventura. Mi libro sobre André Gide comenzó curioseando en la biblioteca donde se guarda su correspondencia, mientras descansaba de mi trabajo principal. Ese trabajo de escuela me tomó unas semanas, la distracción casual sobre Gide me siguió obsesionando por cuatro años. En París, todo lo casual podía convertirse en médula de la vida. Todo era sorpresivo y apasionante.

Como a ninguna otra lengua en el mundo se traducen tantos libros de literaturas distintas, la cultura francesa es también una puerta amplia y viva hacia muchas otras culturas. Sus caminos son infinitos y se multiplican.

Los caminos de la amistad no son infinitos ni rápidos, pero cada uno de los amigos franceses que hicimos en París sigue siéndolo hasta ahora con la misma intensidad afectiva. Ellos también nos introdujeron en la cultura francesa dándonos un espacio en sus vidas cotidianas, muchas veces en sus familias. Como me gustaría compartir con ellos hoy esta alegría. Sin embargo, aquí están algunos de los amigos mexicanos que fueron nuestros cómplices cercanos de ese largo viaje, Luisa Puig y Víctor Godínez, María José Rodilla y Álvaro Ruiz Abreu; otros, como Maricarmen Castro siguen en París. Con uno de nuestros amigos más cercanos, Alfonso Alfaro, compartimos hoy la aventura de hacer *Artes de México*.

El punto de vista que guía a *Artes de México* tiene como uno de sus ingredientes fundamentales una concepción amplia de la cultura que aprendimos en Francia: Margarita hizo su doctorado en Historia dentro de la tendencia de la Nueva Historia y de la Historia de las Mentalidades. Alfonso hizo su doctorado en Antropología con la misma orientación. La cultura francesa nos ha dado una manera de ver a México y la hemos ejercido en nuestra labor editorial por más de dos décadas con nuevos cómplices, nuevos socios y un equipo también maravilloso de trabajo. Ya en México, un amigo francés ha sido fundamental en la continuidad y en la estrategia financiera del proyecto, Jacques Pontvianne. Entre franceses y afrancesados todos afirmamos cada día nuestra curiosidad y pasión por México. En otro gran afrancesado, pocos años antes vi día a día una forma de esa pasión: Octavio Paz. Con él y con Marie José creció una amistad que atesoro y de la cual nunca estuvo ausente nuestra común francofilia. Con todo lo anterior, a nadie le parecerá extraño que Margarita y yo hayamos decidido hace quince años que nuestros hijos tuvieran una educación francesa en el Liceo Franco Mexicano. Quisimos compartir con Andrea y Santiago un universo que nos ha hecho felices, que ha sido para nosotros sinónimo de rigor y de placer al mismo tiempo, de trabajo arduo y de hedonismo intenso.

Muchos años antes, en París, yo había buscado convertirme en escritor, formarme una voz narrativa propia, diferenciada y auténtica. Para bien y para mal sucedió fuera de la comunidad de los escritores de mi generación. Allá se constituyó esa voz que es ahora la que da carácter a mis novelas y ensayos. A pesar de ello he tenido la suerte de contar en México con editores que creen en mis libros y lectores para los cuales signifiquen algo. No dejo de estar

cada día agradecido. Y veintitantos años después de haber-
los iniciado en París, mis libros comenzaron a ser traduci-
dos al francés y han tenido la suerte de encontrar entre los
lectores franceses una audiencia. Esa comunidad de anóni-
mos amigos que siguen una obra como se siguen las huellas que conducen hacia algo. Este ciclo de otros 25 años,
que son los mismos, es también para mí el que se cumple
ahora, en esta ceremonia.

11. Mi ciudad me ata a sus corrientes

En las calles de París, cruzando el Sena casi todos los días, corrió una parte de mi vida. Tenía veintitrés años y ahí se convirtieron en treinta.

No puedo encontrar ahora la imagen que sintetice de golpe el pausado caudal de emociones de ese tiempo. Pero hay una imagen que regresa y regresa en mis insomnios: recuerdo que una tarde de otoño, desde una banca en la punta de l'île Saint-Louis, mirando a lo lejos las quimeras de la Tour Saint-Jacques, me di cuenta de que si es cierto que la vida de cada persona es como un río, el mío cruzaba París tejiéndose para siempre con el Sena. Ese río de mi nueva ciudad, gris y plata como su cielo, era tocado, tal vez a perpetuidad, por la mano mágica de los sauces. La magia estaba en su belleza. Y el poder de sus dedos vegetales me entraba suavemente en la piel. Adentro me crecería de maneras inesperadas, caprichosas e intensas aunque no siempre felices.

El río fue testigo de mis alegrías más profundas, de mis anhelos más elementales, de mis temores y tristezas. Me hice al vicio de sus orillas. Y llegó de vez en cuando el momento en el que todos mis afectos, para bien o para mal, escaparon a la deriva cuando creció, devoradora, su corriente. Porque el Sena es de ese tipo de ríos que, si no te ahogan cuando te llaman, te ayudan definitivamente a vivir.

En París descubrí nuevas dimensiones del amor pero también de la melancolía. Sus calles se volvieron imagen cifrada de los laberintos del deseo: mapa cambiante de mis afectos. Aprendí a nutrirme de los rostros inesperados de la belleza multiforme a la vuelta de cada esquina, y a compartir mis días y mis sueños y mi cuerpo con una mujer. Un amor y un deseo que dura, que misteriosamente se renueva como un río delirante y que, dondequiera que vaya, prolonga el aspecto luminoso de ese intenso fuego de París que corre bajo sus espejos.

Porque, aparentemente quieto, el Sena alimenta a la ciudad de sí misma como un espejo. París se sabe bella; se mira y se mira. Hasta que con una ligera mueca descubre que bajo la superficie del agua se oculta la obscuridad veloz y ardiente de sus venas. Y aprende, y nos enseña, que hasta lo terrible puede habitar al fondo de la belleza extrema.

En París conocí el placer de las ideas y el de las formas paradójicas y sutiles; en el arte y en la vida. París fue mi iniciación y mi enseñanza, lección de vida y promesa, idea y afecto convulsivo, sabor y saber y anhelo en cada bocado, en cada paso, en cada imagen y en cada página. París fue mi ensayo, mi novela y mi poema.

Su fuego corre para mí en sus calles y plazas y jardines y pasajes y muelles y restaurantes y galerías y cines y cafés y mil obras de arte y librerías. Corre intensamente sobre todo entre la gente que quiero y vuelvo a ver de vez en cuando en un ritual que es una fiesta. Y corre en cada sorpresa que la ciudad siempre me ofrece.

Avanza incluso bajo tierra en una corriente personal y secreta que ilumina mucho de lo que desafía a la muerte: va de un cementerio en el norte a otro en el sur, latiendo desde la tumba medieval de esos enamorados más allá del tiempo que se llamaron Abelardo y Heloisa, aflora un instante en el 81 de la Rue du Temple, donde vivimos años luminosos, y otro muy cerca, a lo largo de la Rue des Rosiers: poblada para siempre por mis *Demonios de la Lengua*. Pasa por la esquina de la Rue des Écoles, justo donde fue atropellado Roland Barthes cuando se dirigía al Collège de France a preparar la lección que ya nunca escucharíamos, y sigue corriendo bajo tierra hasta calentar como una fuente de sorpresas la moderna tira de piedra que en Montparnasse nos recuerda a Julio Cortazar, el mítico abuelo cada día más joven y más alto, más cerca del cielo, que tantas veces vimos cruzar el Sena sobre el Pont-Neuf, delante de nosotros, mucho antes de que el propio río de su vida devorara apresurado sus pasos. Nunca sus palabras.

Ese rayo subterráneo corre veloz medio París, del Parc Montsouris, con sus colinas y su lago y su observatorio morisco antes de que se incendiara, hasta la piedra grabada al pie de la Tour Saint-Jacques que nos recuerda a Gerard de Nerval cantando los primeros versos de "El desdichado", muy cerca de la calle ahora inexistente donde el autor de *Les filles du feu* se colgó para cruzar un río obscuro que sólo él presentía. Esa llama hace remolino en el umbral ojival del templo de Saint-Merri, donde reina el Baphometus Templario, mitad ángel y demonio, mitad hombre y mujer. Y en el teatro del sótano del Centro Pompidou invoca a Samuel Beckett mientras lo vi dirigir su última obra de teatro. Se detiene en la Mairie du Troisième, para atender una boda donde la novia (que hago mía) lleva un vestido muy rojo, símbolo de su deseo. El fuego camina trepando hacia Belleville, para crecer y celebrar el calor de la amistad en la Rue Saint-Maur. En el descuido de una ventana abierta casi vuela al bosque de Vincennes, busca inútilmente los ecos de las voces desaparecidas con la Universidad que se fue al norte, y siguiéndola, antes de llegar a Saint-Denis, se queda de nuevo entre Abelardo y Heloisa, que lo reciben con los brazos abiertos, como el mito cuenta que el muerto enamorado esperó al amante vivo en su tumba.

En París me hice escritor: encontré mi propia voz y aprendí a valorar la dimensión estética de la vida con todos sus claroscuros. París fue una puerta abierta a descubrimientos que no cesan y sigo cultivando el asombro de escuchar la música de su respiración. Su río de agua y sus múltiples ríos de fuego alimentan mis corrientes evidentes y secretas. Me hacen volver a París hasta sin ir a ella.

12. Una postal para mi Maga

Ave Bella, Sonámbula: Me apuro a escribirte antes de que amanezca y la luz devore todas las imágenes poseídas que en este instante me habitan, como aves que entre más sed y hambre tienen más deliciosas se ponen. Quería decirte que volví a nuestros rituales, como ves en esta postal. Regresé a la tumba del Gran Cronopio para tocar de nuevo a la puerta invisible de su piedra. Me di cuenta de que habías pasado por ahí unas horas antes porque me encontré las castañas y las semillas de girasol que siempre intercambiamos, como en sueños. Dejé las mías y me llevé la mitad de las tuyas. Con esa suma y resta absurda se abrió la puerta invisible y esta vez me atacaron dos imágenes: Primero, la de aquella tarde de Otoño en que, cruzando el Pont Neuf, nos topamos tú yo de frente con el Gran Cronopio que nos reconoció sin conocernos, por pura amabilidad de lo insólito nos tendió la mano como respuesta a la insistencia de nuestra mirada y comprobamos la verdad del mito: seguía creciendo atraído por las nubes y su piel era cada vez más joven. Más joven que la nuestra, que tenía veinte años. Recuerdas que lo seguimos a prudente distancia y comprobamos su itinerario: caminaba todos los puntos de *Rayuela*. Vivía en *Rayuela*, como él nos había hecho vivirla cuando compartimos su lectura unos años antes. ¿Cuántas veces nos preguntamos si era el fantasma del Gran Cronopio quien nos había saludado? ¿Cuántas veces estuvimos seguros de haberlo invocado porque siguió apareciendo en la ciudad sobre nuestros pasos con extraña fidelidad a nuestros caprichosos requerimientos? La otra imagen que

vino a verme: esa tarde que nos encontramos tres veces por azar en la ciudad: yo salía y tú entrabas en un carro del metro en una estación que nunca antes habíamos tomado, luego en la librería *Milles Feuilles*, Mil Hojas, y más tarde en el Pont des Arts, donde la silueta de los enamorados siempre toma forma al meterse el sol. Itinerarios caprichosos de nuestra geometría de *flâneurs:* de paseantes sin rumbo convocando la aventura a la vuelta de la esquina. Al día siguiente, sin planearlo de nuevo nos topamos muy temprano en el lago del Parc Montsouris, en la Place des Vosges al mediodía y por la tarde frente al *hammam* de la Mezquita, camino al Jardin des Plantes. Y entonces descubrimos que el azar recurrente del amor y el deseo en París no había sido inventado por el Gran Cronopio. Era una dimensión de la ciudad. Pero él, como nadie antes, había sabido verlo y describirlo entre los hilos invisibles de nuestra urbe poseída y posesiva. Y eso había sido él

siempre para nosotros: un guía hacia el otro lado del espejo, un descubridor de lo insólito diminuto y recurrente. Cada uno de sus libros era complicidad inesperada. Y ahora él nos convoca aquí, en ésta, su última página de piedra de las ausencias donde no está sino su nombre y su retrato en forma de Cronopio que, quiero creerlo, es una escultura del otro Julio, como él le decía a su cómplice: el artista que dio forma seductora a ese libro de asombros que es *La vuelta al día en ochenta mundos*, Julio Silva. Nos convoca su ausencia porque sigue presente en nuestros encuentros. Sigue viviendo en nuestro sueño, en nuestros cruces sonámbulos, como testigo sonriente de que tú y yo nos queremos "con una lógica implacable de imán y limadura". Lluvia de besos sobre ti, desde Montparnasse, tu *A.*

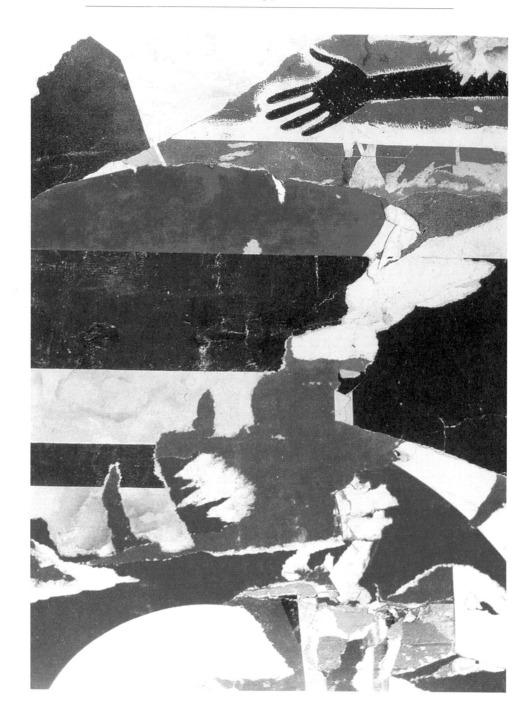

13. Regreso sorpresivo de mis anuncios lacerados

Hamacas del insomnio, las ojeras.
Sasha Sokol

En los días grises, pero con el sol por dentro, en los que fui estudiante en París trabajé en cuanta ocupación tuve a la mano. Lo suficiente para permanecer allá y tener tiempo de escribir y leer y vivir la ciudad con sus incesantes sorpresas. Una de las ocupaciones más divertidas, y que me obligaba, literalmente a conocer y tocar la piel de la ciudad, fue pegar carteles por las calles. Primero una capa de engrudo y luego extender con cuidado el cartel que venía doblado meticulosamente en cuatro o seis u ocho. París, en los setentas y ochentas era, según quienes conocen de esto, la ciudad que más papeles tenía pegados en las calles, en los muros de casi todos los edificios, y hasta en los postes. Teatro y cine y espectáculos ocupaban el escenario urbano. La mayoría eran anuncios tipográficos, carteles en el sentido clásico del término, prodigios de diseño algunas veces, lecciones de tipografía urbana siempre. Nos pagaban por cartel pegado. Casi siempre lo hacíamos encima de otros que estaban antes anunciando algo que ya había sucedido y cuyo término, por lo tanto, había expirado. Había una regla no escrita de respetar lo anterior mientras sirviera.

Pero había, detrás de los pegadores de carteles, espiando nuestros pasos, un personaje temido y a la vez admirado por todos nosotros. Un artista cuyo arte consistía en desgarrar los carteles que acabábamos de pegar y hacer con esas desgarraduras una especie de collages que, la verdad, eran maravillosos. Entre nosotros era el artista más famoso de París. ¿Quién iba a apreciar mejor su arte que nosotros? Pero si nos daba a pegar un cartel especialmente

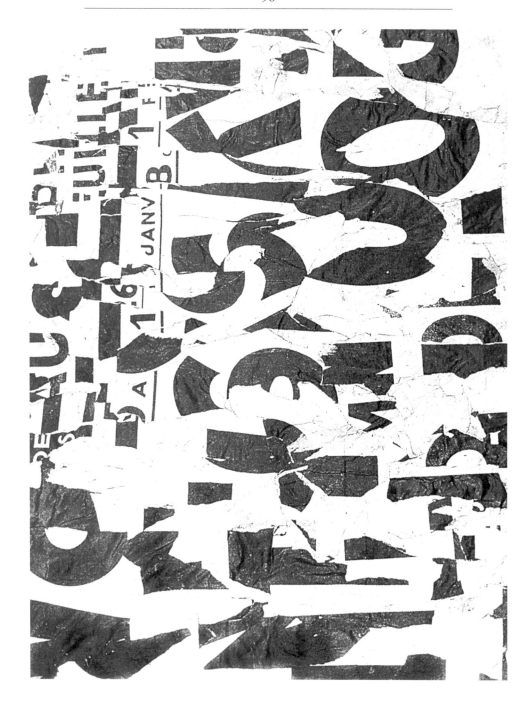

atractivo, ya sabíamos que detrás de nosotros él iría des-
pegándolos, destrozándolos o, con el término que a él le
gustaba usar y que a mí siempre me pareció un hallazgo:
"lacerándolos". En una ocasión lanzaron un cartel que in-
cluía imágenes de Dubuffet y no duraron nada pegados.
El violador de carteles no dejaba uno entero.

 Se llamaba Villeglé. Aunque más bien debería decir
se llama Jacques Villagle, porque vive y acabo de encon-
trarlo de casualidad en París, donde muestran una retros-
pectiva de su obra en el Centro Pompidou. Un hombre
pequeñito con un sombrero de fieltro notablemente más
pequeño que su cabeza, como se usaban en los sesentas.
Sonreía afablemente a quienes le pedíamos autógrafos y
enfático nos decía: "Ahora sí los doy, en los setentas no. Ni
siquiera creíamos en la autoría. Pensábamos que éramos
parte de una voluntad colectiva a la que le dimos nombre:
Anónimo, y apellido: Lacerado. Anónimo Lacerado."

 Le conté que yo era de los que pegaba lo que él
despegaba. Y que, entre nosotros, gritar "Ahí viene Villeglé" era la señal de alarma. Si él arrancaba nuestros carteles
no nos los pagaban. Me dijo, muy serio, que entonces, sin

saberlo, yo era parte de ese taller renacentista anónimo del siglo XX que produjo miles de carteles lacerados.

La vida da vueltas y tantos años más tarde, mil hojas después, en una ciudad de París donde desde hace años se ha prohibido pegar carteles, recorro palmo a palmo su exposición y me viene a la memoria el olor del engrudo que usábamos para pegarlos. Se lo digo y sonríe. "Para que un cartel fuera bien desgarrado, me dice, una parte tenía que quedarse bien pegada. Un eficiente pegador de carteles con un buen engrudo era indispensable en mi trabajo. Gracias." Me río con él por la exagerada afirmación que hace, típica del espíritu de los setentas en el que hasta Michel Foucault cuestionaba la existencia del autor como se le entendía hasta entonces. Vemos juntos la época política de sus desgarraduras, cuando escribió sobre el abuso de la sociedad anunciante sobre los ciudadanos, "Rehenes por los ojos de los políticos publicistas", una especie creciente entonces. Vemos sus películas experimentales de los cuarentas y cincuentas, su divertido despliegue de juegos tipográficos políticos y esotéricos, antecedentes escuetos de los graffiti más contemporáneos.

Curiosamente, algunos días después, mientras veo una película de Robert Gardner donde filma a Octavio Paz leyendo y explicando su poema, escrito en los setentas, "Nocturno de San Ildefonso", surge una inesperada referencia a Villeglé, no intencionada tal vez, en todo caso desplazada al México de los treintas en el que Paz recorría el trecho del Zócalo a San Ildefonso y presenciaba los rasgos desgarrados de la ciudad nocturna que era su México. Y de pronto, en la segunda parte del poema, donde se ilumina la noche con sus "calles vacías, luces tuertas", como substituyendo a Villeglé, surge en aquella ciudad de México tan lejana, como artista anónimo, el viento:

> El viento indiferente
> arranca en las paredes
> anuncios lacerados,

dice Octavio Paz en la línea veintidós de esa sección donde mostraba a la ciudad nocturna de entonces y sus imágenes. La confluencia de todos estos recuerdos, propios y ajenos, me hace pensar que toda memoria es como un anuncio lacerado, jirones que se unen con otros en azarosa sobreposición de planos y nos hacen ser eso: apenas lo que somos después de todas las desgarraduras.

CUATRO
ELOGIO DE PAISAJES INSOMNES

Como el sueño me abandonaba yo me dediqué
a caminar mentalmente por los bosques de mi predilección.
Entre los árboles de mis desvelos supe que tenía que escribir mi
Ciencia experimental de las cosas de la otra vida.
Porque si la fe en la vida mística pueden tenerla muchos,
la experiencia es de pocos y tenemos que compartirla.

JEAN-JOSEP SURIN, 1660

14. Velar en el bosque erotizado

Sus raíces son venas,
nervios sus ramas,
sus confusos follajes pensamientos.
Tus miradas lo encienden
y sus frutos de sombras
son naranjas de sangre,
son granadas de lumbre.
OCTAVIO PAZ, *Árbol adentro*

Un hombre muy cansado se quedó dormido en el monte
y al despertar sorprendió la conversación de dos ceibas
que pasaban por ahí. Porque a las doce de la noche los
árboles conversan y se trasladan de un lugar a otro, hacen
el amor, se reproducen. [...] El chamán trabaja con
siete cosas del árbol: su sombra, sus hojas, sus raíces, su
corteza, sus ramas, su rocío, su crujir al viento. Ese es el
lenguaje de los árboles y con él seducen a los hombres.
LYDIA CABRERA, *El monte*

Ya es una leyenda conocida incluso en las montañas Rocallosas: dicen que cuando Alicia Ahumada camina entre
los árboles algo se despierta en ellos. La más inesperada
vitalidad se enciende en todas las plantas del bosque. Y seguramente también en el aire que habitan y en la tierra y
en la humedad que las nutren.

Esa nueva agitación de las plantas, ahora llenas de
tierra, agua y aire, convoca incluso al fuego en su manera
menos destructiva: el bosque erotizado es una especie de
llama vegetal, de ardor sin duda, de efervescencia de madera. Y la savia comienza a correr por dentro de las ramas
como sangre en las venas de ciertos amantes. Eso afirman

quienes repiten la leyenda. Siempre con huellas de asombro en los ojos.

En varias culturas antiguas y en una que otra contemporánea figura la idea del bosque habitado por almas inciertas, dioses, duendes. Espíritus de las cosas naturales, del agua, de las piedras, que alguien con dones (un chamán) puede invocar para hacerse ayudar por ellos. De pronto la naturaleza expresa aquello que la trasciende. Sorpresivamente, algo que se considera sobrenatural se manifiesta en formas naturales: las ánimas de la montaña.

En algunas religiones africanas el animismo del bosque está entretejido con la vida tribal. Con las jerarquías y los ritos de iniciación en cada ciclo de la vida. Con la adivinación y la medicina. En el continente americano arraigaron varios mestizajes rituales que casaron al animismo africano con el cristianismo recién transplantado. Aún se manifiestan en la comunicación con los habitantes secretos del bosque. Incluso desde las urbes. Desde el candombe brasileño hasta la santería cubana, los espíritus silvestres son invocados por chamanes, santones o santeros en rituales de música y baile llenos de trance y erotismo. Los santos y los orishas ocupan el mismo cuerpo espiritual. Se les baila con los mismos pasos. Y los tambores ayudan a invocarlos, a ser poseído por ellos.

En *El monte,* libro canónico sobre la santería caribeña, escribe Lydia Cabrera que "persiste en el negro cubano, con tenacidad asombrosa, la creencia en la espiritualidad del monte". Ahí habitan las divinidades ancestrales de las que, para algunos hombres, dependen todos sus éxitos o sus fracasos. Y, citando a uno de sus informantes, afirma Lydia que "Los santos están más en el monte que en el cielo." […] "En cada yerba opera la virtud de un santo, una fuerza sobrenatural. Las medicinas están vivas en el monte." Incluyendo las medicinas del amor, esa planta curativa mayor.

También en muchas culturas europeas eminentemente agrícolas el bosque es un espacio sagrado excepcional. Y entre las fuerzas y divinidades que lo animan están las de la fertilidad de la tierra y la fertilidad de los humanos y animales. Los carnavales y otros ritos de fertilidad suelen ser impresionantes. En ellos surgen las máscaras más variadas, las danzas y los cultos fálicos. Mezclando la más extrema imaginación y los más básicos instintos animales, surgen siempre en el monte, con frecuencia más sofisticadas, las divinidades eróticas.

En el bosque de Alicia Ahumada sucede eso que podríamos llamar el surgimiento de Eros. Y sus fotografías son el espacio donde sucede su aparición, su epifanía: la irrupción en la vida cotidiana de una dimensión excepcional. Así se llama a la aparición en el mundo profano de algo distinto, sagrado para algunos, poético para otros. El erotismo llevado a considerarse sagrado o la aparición de la poesía. En el caso de las fotografías de Alicia Ahumada se trata sin duda de ambos: un Eros trascendente que es a la vez un poema visual. En sus árboles late el inquietante dios poema: Eros, amo de su bosque.

Sólo personas con cualidades especiales pueden provocar apariciones así. Se requiere alguien que primero se pueda comunicar con el Eros de todas las cosas: hacerlo aparecer ante sus ojos. Y después, nada fácil, que tenga el dominio técnico de algún arte que le permita mostrar esas apariciones erotizadas a quienes no tenemos su poder. En este caso la técnica fotográfica, convertida en modo de invocación y revelación excepcionales.

Ese ritual lleva a cabo Alicia Ahumada al pasar por el monte, siendo consciente o no del tamaño de su osadía. Usa el ritmo de los disparos de su cámara en vez de tambores y cantos. Y el encuadre de sus lentes como marco de sus imágenes. Esa orquestación sólo suya es una poderosa composición de miradas y silencios. Una afirmación excepcional de la vida.

En las fotos de Alicia, la vitalidad ritmada late de pronto hasta en las hojas caídas. La corteza, más que nunca, es piel. Pero ahora es piel anhelante. Las ramas se extienden en la noche como brazos, como piernas. Se abren y se cierran como si llamaran con ese lenguaje de anhelo a lo que quieren abrazar, a lo que quieren sostener entre las nervaduras de las ramas, entre esos nudos que parecen rodillas.

Más allá, un tronco torcido parece un torso girando para alcanzar tal vez a Alicia, para atrapar primero su mirada. Y de pronto, estirándose, los cuerpos se liberan, despiertan y sin moverse parecen caminar hacia ella o ante ella. Parecen modelarle y presumirle los contornos de su nueva vida corporal.

Varios troncos que se dividen en dos ramas ya no pueden hacerlo si no dejan en el delta de su separación la fisonomía de un pubis e incluso de un sexo. De manera a la vez sutil y abrupta, cada uno parece enarbolar bellísimos labios vaginales. Así la palabra "enarbolar" adquiere en este bosque, gracias a Alicia, un significado erótico: significa levantar en alto, no una bandera sino el erotismo del árbol. Su teatro de sexualidad extendida.

En todos los árboles de este bosque, de golpe, su sexo canta, se muestra feliz o adolorido, es cicatriz o brote nuevo. Hay incluso extraños falos oscuros en árboles de cortezas claras, inquietantes como ramas interrumpidas en su decidido crecimiento horizontal. Tienen otro color y otra textura como si un estado de excepción los animara. El bosque todo es una erección de la vida. Y en otra rama, más cercana, un musgo púbico que tampoco es verosímil si no fuera porque está ahí, a la vista, sigue multiplicando ante nosotros el desfile carnavalesco de cuerpos que se revitalizan.

Cuando ya no parecía haber más seres súbitamente alegres, la corteza de un árbol se pone quebradiza y se despelleja en mil lajas, como ropa deshilachada, dejando casi

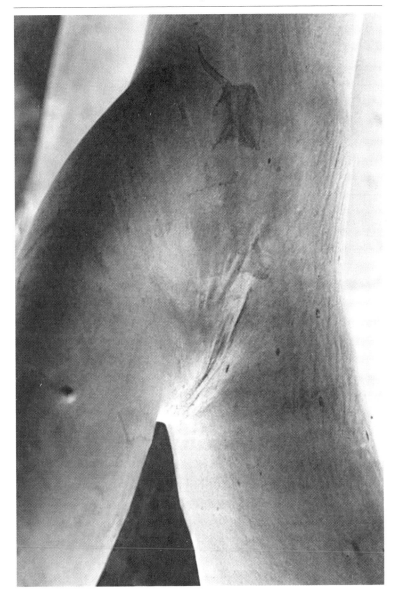

al desnudo otro cuerpo. De éste sólo vemos las piernas y lo que queda de su atuendo. El sexo a punto de mostrarse es innegable. O lo parece.

Con su falsa discreción y su pudorosa diferencia este árbol termina de enfatizar el despertar del bosque como una diversidad innumerable de cuerpos ardientes. Y más todavía, hace evidente eso que no lo era: el despertar del bosque entero como un solo cuerpo erótico convulsivo en el que penetra Alicia Ahumada con la cámara en la mano, con su andar discreto cobijando una mirada inquieta e inquietante.

Así es la leyenda de Alicia Ahumada y su extraña relación con la naturaleza: una historia que crece desmedida como planta tropical. O como el verdor más alto de un bosque lluvioso, donde todo va más rápido que en el resto de la selva. Una historia multiplicada de boca en boca ofreciendo como prueba la extraña belleza erótica de sus fotografías.

Dicen, de nuevo tratando de precisar y explicar la leyenda, que ella siempre crea a su paso un ámbito de palpitaciones vegetales y animales. Como lo hacen en la selva ciertos felinos nocturnos. Entre ellos el enigmático jaguar, rey de la noche, que camina llevando a su alrededor un área invisible de tensión que se siente con fuerza aun antes de mirarlo directamente. Han llegado a decir en el sureste que Alicia es descendiente mitológica de alguno. Que de otra manera no se entiende el erotismo instintivo que el bosque le manifiesta. Y sostienen que, mucho más allá de aquellos árboles que parecen cuerpos, las otras formas del bosque se agitan a su manera hacia Alicia mostrándole variaciones del mismo principio erótico que a todas ellas anima.

En estas imágenes del bosque erotizado que la artista Alicia Ahumada trae a nuestra vista, las raíces son cuerpos tocándose, incluso metiéndose uno en el otro. Y al mismo tiempo son las huellas endurecidas de todos sus recorridos amorosos. Como si una caricia, un acto de amor, una penetración efusiva, por ser vegetal pudiera durar toda la vida. O por lo menos toda la vida de un árbol centenario.

¡Qué perturbadoras pueden ser las raíces! Lenguas de madera que dejan su huella de saliva en el sexo labial de la tierra.

Y esas huellas toscas y profundas sobre la corteza parecen manos que la acarician desde adentro de la piel endurecida. Que se dirigen hacia esa cavidad profunda, especie de caverna sexual de un árbol viejo y muy gozoso.

Surgen también árboles torcidos como ancianos de manglar, seres de raíces aéreas hoy caídas, que se han vuelto recuerdos, anuncios de algo que fue, tal vez, en otra parte. Ramas en el fango, belleza enigmática y sombría.

Un leño hundido en arena mojada, intromisión promiscua de un reino en otro. Asunto de amor entre las cosas naturales.

Y en la otra orilla del monte, una rama de maguey vencida hacia el corazón de la planta parece misteriosamente alguien que se inclina desbordante de deseo. Alguien que estira el cuerpo hacia lo inalcanzable en el seno de un ser similar.

Al filo espinoso y muy vertical de otro maguey, se levanta apenas la flor del quiote abriéndose en capullo, como una erección que apenas comienza. Pero que ya dice el tamaño de su sueño.

Y no hay vida erótica donde el corazón no conozca agujas, cenizas, espinas. Eso parecen manifestar estas hojas de nopal extendidas ante nuestra mirada como ofrendas para concluir temporalmente el repetido acto amoroso del bosque. El que hoja por hoja, imagen tras imagen, acabamos de presenciar.

Sólo quedan unas pequeñas flores campanilla como micro falos de piel delgada y de luz intensa. Son las últimas pero nunca nos impiden recomenzar o saltar en desorden las páginas de este bosque corporal.

Sabemos muy bien cuando los vemos que, aunque lo parezcan, estas plantas no son cuerpos. Pero disfrutamos su poder metafórico. Aceptamos a estas plantas como lenguaje: cuerpos de madera hablando de otros cuerpos como si fueran palabras para hablar del sexo.

Y eso nos lleva a algo más que es muy inquietante en estas raíces que de pronto parecen afluentes de agua corriendo desbordados sobre las rocas y entre las hojas secas. Y que se presentan como dedos metiéndose en una cabellera. Parecen agua detenida. Son semejantes a un caudal decidido pero, por el momento, fijo.

La inquietud viene de una tensión entre lo que son y lo que parecen ser estos árboles. Intensidad enfatizada por el hecho de que se trata de seres vivientes, no son petrificaciones de la vida.

Si fueran lo contrario harían pensar aún más en ese nombre que reciben las composiciones de la naturaleza en inglés: *still life*, vida detenida. Un nombre más adecuado que el término tétrico que reciben las mismas composiciones en español: naturalezas muertas. Lo contrario de lo erótico es la tendencia a la destrucción: la muerte de la naturaleza y de la vida.

Las imágenes de Alicia navegan y construyen su fijeza avanzando en el camino opuesto, de lo inanimado hacia la afirmación vital del erotismo. De lo quieto hacia la vida.

Y así, las plantas que Alicia trae del bosque erotizado, incluyendo los leños caídos, no pueden pertenecer de ninguna manera al género de naturalezas muertas y ni siquiera detenidas. Porque no son instantes arrancados al fluir de la vida vegetal; son metamorfosis del reino vegetal penetrando con vitalidad en la imaginación del reino animal que somos nosotros. Y esa metamorfosis casi mágica se da a través de la mirada de Alicia.

Aquí la leyenda entra en crisis. Se vuelve, si no inverosímil, sí por lo menos incompleta. Porque aunque la leyenda dice que el bosque se despierta a su paso, la realidad, como suele suceder, es más radical, más terrible, extraña y emocionante.

La realidad es que el bosque no se despierta sino que Alicia logra mirar en él algo que los demás no vemos. Alicia mira más allá, penetra en una dimensión que nuestros ojos no están suficientemente educados a percibir. Esa dimensión del erotismo que todo lo permea, lo habita, lo agita.

Y como si fuera poco lo que mira, a la hora de presentárnoslo, su uso del color crea una sensación de ámbito único. Y de personaje central en la composición. Señala lo que debemos ver principalmente pero hace de cada rama que afoca, de cada árbol, una aparición contrastante. La luz en sus manos es matiz, discreta coloración de aurora o atardecer. Preámbulo de la noche en el bosque y sus protagonistas secretos. Tarde o temprano, en realidad o en sueño, Alicia mira y nadie mira como ella.

Salvo cuando vemos a través de sus ojos gracias a las fotos que nos muestra. Y ese es el poder de los grandes fotógrafos que admiramos y nos hacen admirar el mundo. A través de su mirada, de sus imágenes, somos también testigos de lo que difícilmente veríamos de otra manera. Ella hace crecer y desarrollarse en nosotros la sensación de que nadie más tiene el poder de mirar así. Que ella descubre en las cosas lo que otros de entrada no podemos ver, por las razones que sea.

Y gracias a su destreza artística, nos hace cómplices de su Visión con V mayúscula: nos hace testigos de una revelación radical. Una de aquellas en las que la materia demuestra ser más que materia y una excepcional dimensión aflora. Pero su mensaje no se dirige nunca exclusivamente al intelecto y todos los sentidos se ven involucrados en una tremenda puesta en escena que afecta todas las dimensiones de nuestro cuerpo.

Desde hace tiempo he creído que eso se llama "asombro": un fuerte pero agradable impacto físico y emocional ante algo distinto o nuevo que se juzga maravilloso. Y creo que es parte sustancial de la actividad poética: descubrir las cosas que no cualquiera es capaz de mirar y a partir de ellas, de esa aparición excepcional, crear una obra de arte que permita compartir el descubrimiento asombroso.

Y qué revelación es más radical y más digna de provocar entusiasmo y asombro que el descubrimiento del erotismo latente en el mundo.

Alicia Ahumada nos pone ante los ojos a un Eros desnudo en el mismo bosque del mundo donde antes, tal vez, podíamos olerlo pero obstinadamente se nos escondía. Por eso digo:

Tu noche es densa
silueta de mil hojas
que me trastorna.

15. En el umbral del bosque y el desierto

Ser animal nocturno en la oscuridad de tu bosque.
RENATA H. PEÑA

Estamos en Michoacán, a la entrada de un bosque, detrás del lago de Zirahuén. Extrañamente el bosque allá me crea la sensación de que hay una puerta, un límite, un entorno. Pero la misma sensación de umbral he tenido antes de dar unos pasos dentro del bosque lluvioso de Chiapas, y en el bosque de coníferas de Villa del Carbón. O en el bosque de Banff, en las Montañas Rocallosas de Canadá y en el bosque secundario de Monte Verde, en Costa Rica. Bosques muy diferentes pero que imponen tanto a sus visitantes como a sus habitantes una poderosa experiencia sensorial.

Vemos que alguien ha caminado por aquí. Humanos o animales se han abierto un pasaje hacia allá adentro. No sabemos por qué ni adónde lleva. No sabemos qué nos puede esperar en la espesura si seguimos ese camino. A mis espaldas hay otro tipo de paisaje. Delante el misterio. La curiosidad crece en algunos. En otros cierto miedo. Más allá del cuerpo, una vibración espiritual nos empuja a pensar esa entrada como algo que nos trasciende, que está más allá de lo que somos y conocemos.

Estamos en un umbral poderoso: una puerta vegetal que se vuelve sutilmente simbólica. Sentimos con fuerza de qué manera el cuerpo busca por dónde hacer sus movimientos hacia adentro mientras la mente y el espíritu se preocupan por el misterio. Mi paso hacia lo obscuro del bosque es uno doble: el que físicamente da mi cuerpo hacia lo sensorialmente más denso y simultáneamente es el paso de mi mente hacia algo que está más allá de lo físico y que se me presenta como radicalmente desconocido.

Así desde su umbral el bosque alerta especialmente al espíritu. Las entradas a los bosques son un límite físico y mental, un reto doble a las sensaciones. Siembran casi siempre la inquietud de atravesar. En los dos sentidos de cruzar y de trascender.

De ahí que en tantas culturas el acceso a los templos se haga por una entrada en la espesura de un bosque.

En la isla de Bali, por ejemplo, donde la dimensión espiritual de la vida cotidiana se hace evidente en todas partes por medio de innumerables ofrendas de flores e incienso desde que sale el sol, la naturaleza florece como ofrenda y no hay arrozal, calle o casa sin altar ni bosque que no sea parte de un templo. En Batubulán, para entrar a Pura Dalem, la espesa enramada se abre en el bosque con tanta inclinación de las plantas que es como si el Mar Rojo estuviera abriéndose. Extraña sensación de recibimiento excepcional que anuncia perfectamente ese lugar sagrado al que nos conduce.

En Ubud, uno de los ejes de la ciudad es la avenida del Bosque de los Monos. Y la entrada a ese sitio, con sus cientos de simios colgándose de la puerta de piedra al pie de un gigantesco árbol guardián, anuncia el tipo de experiencia que tendremos. El bosque, con sus riachuelos, cañadas, montañas y el templo mismo arriba de una colina es el ámbito de los monos. Se meten con los visitantes sin cesar, les hacen travesuras o los agreden si ellos interfieren en su vida cotidiana: hacen el amor, se bañan, comen, se arrancan las pulgas. Y en el templo, alrededor de las figuras de piedra de Hannouman, el dios simio, y otras deidades, muchas veces con gestualidades terribles, los monos, habitantes del bosque, corren, brincan, habitan su espacio en perfecta continuidad entre el bosque y el templo de terrazas y retablos de piedra.

El significado de esa presencia animal es lo opuesto de un zoológico. No se trata de que los animales estén ahí para ser vistos por los humanos o supuestamente cuidados por ellos. Los monos aquí son signos sagrados, expresiones naturales de la sacralidad del bosque. Son existencias animales paradójicamente cargadas de espiritualidad. En este bosque la naturaleza es tocada por lo sagrado y contagiada de esa sacralidad.

En la cultura japonesa, otro ejemplo, se construyen enormes puertas de madera, llamadas Tori, que marcan el comienzo de lo sagrado y con mucha frecuencia están a la entrada del bosque que alberga al templo, donde habrá otro Tori para señalar lo sagrado de lo sagrado. En el corazón de Tokio, entre el Tori del bosque y el del templo Meiji, hay más de un kilómetro de árboles inmensos y bellísimos, riachuelos, puentes y una rica variedad de verdes húmedos y perspectivas intrincadas que nos preparan espiritualmente para la llegada al recinto divino. Y caminamos sobre un corredor de grava como si fuéramos sobre el cauce empedrado de un río: un flujo físico que se convierte en flujo espiritual. Y el bosque es parte esencial del templo. Lo mismo sucede en Nikko, donde el umbral se abre sobre un bosque aún más grande y variado y está en una montaña.

En la isla y bosque de Miyajima el Tori está dentro del agua para señalar que toda la isla es sagrada. Es un espacio de excepción y plenitud donde lo común no tiene cabida: está prohibido nacer y morir en ella. Sus habitantes se van a hacerlo a la otra orilla.

Desde el mar se navega hacia el Tori rojo, enclavado entre las olas suaves, con un templo naranja al fondo enmarcado fabulosamente por el bosque. Ya la visión de conjunto, desde lejos, es una especie de revelación espiritual. Y el templo de madera a la orilla del agua es uno de los dos templos importantes en la isla. El otro está en medio del bosque, arriba de la montaña. Donde de nuevo el simbolismo de ascender para alcanzar lo sagrado se suma al simbolismo del bosque como iniciador y transformador del estado espiritual de quien lo atraviesa. En estos

casos el bosque no tiene la posición del altar sino del entorno que lo hace posible. Y entrar al bosque y cruzarlo es un ritual que se lleva a cabo con los gestos que parecen de la vida cotidiana: caminar, mirar y admirar, respirar hondo. Pero que no lo son y para recordárnoslo está el Tori, el umbral de lo excepcional. El límite que nos dice: a partir de aquí las cosas tienen un significado suplementario, espiritual, trascendente.

La vida vegetal tiene en Japón, entre otros valores, uno de composición estética. Allá la naturaleza no es ajena u opuesta a la cultura, a la manera de la Ilustración, sino que es naturalmente intervenida por los humanos, no controlada por supuesto, pero si llevada hacia esa idea de arreglo estético de diversos elementos. El bosque representa en ese esquema cultural japonés uno de los ámbitos donde la composición estética se vuelve ritual: acción que tiende hacia una composición mayor, de carácter radicalmente trascendente, tocada por lo divino y entretejida con los hombres.

Las grandes dimensiones de algunos Tori a la entrada de los bosques dan cuenta de la condición desmesurada de esa trascendencia espiritual. El umbral Tori monumental del templo Meiji es del tamaño de los inmensos árboles del bosque que lo rodean. No dejemos de recordar que en algunos mitos shintoistas los dioses descienden a la tierra bajando de los árboles.

La idea japonesa del bosque como piel del templo tiene su origen, como tantas cosas del Japón, en China. A unos cuantos kilómetros de Beijing, en el templo Tang zé, que se encuentra en un bosque en las montañas, es evidente el principio del paisajismo chino que en los tratados se llama "Pedir prestado el entorno". Y que significa que quien construya un templo o un palacio use al bosque que rodea esa nueva construcción como parte integrante de la composición. Desde todos los ángulos visibles del conjunto de templos distribuidos en forma de terrazas en esa montaña, el bosque es elemento indispensable para apreciar la belleza de lo construido. Y la entrada a ese bosque de Tang zé es una puerta china de madera y piedra donde, de nuevo, lo que hoy llamaríamos su diseño forma un arreglo impecable con el entorno arbolado y sus colinas. Los constructores del templo practicaban entonces una especie de jardinería donde el bosque es integrado a la construcción con una actitud de contemplación que es religiosa. Construyen un vínculo de los humanos con la naturaleza que es a la vez vínculo con los dioses.

De manera muy especial en esa composición desde la entrada se observa, como presencia excepcional, la copa de un árbol más grande y más viejo que todos los de su entorno. Cuando lo vemos de cerca nos damos cuenta de que el árbol es reverenciado y a su pie se colocan ofrendas. Es un grinkgo de verdad milenario que llaman "El árbol Emperador" y su base está cubierta de los listones amarillos que cada uno de los cientos de peregrinos le deja. Y desde la entrada al bosque se le percibe como revelación.

La naturaleza y la intervención humana construyen en el bosque su dimensión espiritual como dejándose llevar por la corriente de un río de símbolos y formas. Es significativo que a lo largo de innumerables culturas y tiempos se viven experiencias similares de trascendencia del bosque y hasta del árbol, de construcción simbólica de su espiritualidad.

Muy cerca de nosotros, el principio de los paisajistas chinos de "Pedir prestado el entorno" fue usado por Luis Barragán en sus jardines cuando los componía de tal manera que los árboles de los vecinos parecieran parte del suyo y el límite fuera confuso dándole profundidad a la perspectiva. O cuando, literalmente arrobado por el paisaje de lava del Pedregal de San Ángel, decide realizar jardines excepcionales que integren la naturaleza prehistórica y la casa. En su discurso del Premio Pritzker añade un elemento interesante que nos lleva al efecto espiritual de ese principio. Dice que el árbol del que se ve tan sólo la copa a lo lejos, o el reflejo de un árbol altísimo en la superficie de agua de una fuente, produce en quien lo mira una sensación de misterio. Es decir, un llamado directo a la dimensión espiritual de quien ejerce esa mirada. En su discurso enumera varios principios de su arquitectura. Y el primero se titula "Religión y mito". Integrar el entorno es crear espacios limitados donde se pueda sentir que está presente espiritualmente todo el universo. Incluyendo lo sagrado, podríamos decir. Declara Barragán haber vivido como una epifanía, es decir, una súbita revelación de lo excepcional, su visión al visitar el Patio de los Mirtos en la Alhambra de Granada, tanto como al descubrir las posibilidades de esa vasta extensión de lava en el Pedregal de San Ángel. Un paisaje mexicano único. Contemplando un jardín o la copa de un árbol, Luis Barragán se hacía solidario de ese pensamiento del filósofo y poeta suizo del siglo XIX Henri Frédéric Amiel: "Cada paisaje es un estado del alma".

Idea que ya había servido, quince siglos antes, al filósofo chino Xie He para desarrollar su "Teoría de las resonancias" entre los humanos y las cosas, incluyendo la naturaleza. Y en su más célebre ejemplo describía los afectos humanos en el bosque:

"En la primavera la montaña se envuelve en una bruma que flota como un sueño y los humanos son felices. En el verano está bajo la sombra de un opulento follaje y los humanos están en paz. En el otoño la montaña está serena, las hojas caen y los humanos tienen pensamientos graves."

Si bien los espíritus se asoman en el umbral y desde ahí podemos ya experimentar el misterio del bosque, en diferentes culturas hay espíritus y dioses especialmente encargados de esa puerta. En la Roma antigua, el dios Jano, con sus dos caras, cuidaba los umbrales. Dios de todos los comienzos, por él se llamó en algunas lenguas al primer mes del año *january* o *janvier.*

La santería cubana, por ejemplo, que es mezcla sincrética de los rituales africanos yoruba y del catolicismo, tiene al monte y al bosque en él como su sede de rituales, lugar de encuentro, templo natural de lo sobrenatural. Y ahí están las divinidades reconocidas como orishas. Son emisarios de Olodumare, el dios omnipotente y dueño de la energía o ashé. Cada orisha tiene diferentes responsabilidades. El orisha que es el encargado y patrón de las puertas y de las encrucijadas es Eleguá.

Este dios nace con la naturaleza, incluyendo a los animales, y con ella se le rinde culto. Se le sacrifican gallos, tortugas y ratones, aguardiente y manteca. Es el primero que se manifiesta al nacer una persona. Eleguá abre y cierra las puertas de la vida. Se le considera responsable de que todo suceda en un sentido o en otro Y por eso es el primer orisha al que se reza cuando se necesita algo. De él depende el futuro de cada uno. Nada sucede sin el conocimiento de Eleguá. Es el más temido de los orishas. Hace que se peleen los enamorados y se crean enamorados los incompatibles. Es el artista del malentendido.

Se le representa como un niño o un enanito bromista y pícaro. Es por eso también el dios de los equívocos. Todo lo enreda pero es un dios que con los rituales y ofrendas apropiadas "se asienta". Otros orishas no se asientan nunca. Su yerba favorita es una que se llama abrecamino. En la danza afrocubana, a quien es poseído por Eleguá se le reconoce de inmediato por los pasos que hace abriendo y cerrando los brazos extendidos, como una tijera, mientras se sigue el ritmo de los tambores del guaguancó. Los brazos, como caminos alternativos o batientes de una puerta que se abre y se cierra.

Por todo eso Eleguá se encuentra a la puerta de los bosques. Es por antonomasia el dios del umbral forestal. Podemos considerar a Eleguá como espíritu prototípico del dios guardián de los bosques en mitologías anteriores y posteriores a él. Como en este poema contemporáneo que cito fragmentariamente, "El camino no tomado", donde un tácito Eleguá de otra cultura lo decide todo:

Dos caminos se abrían en un bosque amarillo
y lamento no haber podido tomar los dos
Siendo un solo viajero, ahí me detuve
a mirar uno de ellos alejarse…
[…]
Y estaré diciendo en un suspiro

lejos muy lejos en el tiempo:
Dos caminos se abrían en un bosque, y yo,
yo tomé el menos recorrido,
y por eso todo fue diferente.

A la entrada de uno de los bosques más bellos de Estados Unidos, en Vermont, al lado de Middlebury, se encuentra un guardián espiritual que es completamente de otro tipo: el poema que cité, inmensamente conocido en su país, "El camino no tomado". Su autor es el gran poeta de los bosques, Robert Frost. El vivió cerca de ese lugar muchos años y, después de su muerte, cuando decidieron consagrarle un monumento establecieron una vereda para llevar a cabo una tranquila caminata entre la espesura de los árboles. Tiene una milla aproximadamente, a lo largo de la cual el caminante encuentra cinco poemas claves de su obra. Encuentros del visitante del bosque con una dimensión espiritual distinta pero no menos profunda que la religión: la poesía.

El ritual de las palabras que invocan y provocan el surgimiento de lo excepcional en la vida cotidiana. El poeta, cineasta y lúcido ensayista italiano Pier Paolo Pasolini consideraba que la aparición de la poesía en nuestro mundo moderno gobernado por empresarios y políticos es equivalente a "la aparición de un centauro" en el mundo antiguo que estaba en manos de los guerreros y los reyes. El poema es una súbita aparición de lo divino, de otra manera, consideraba James Joyce. El cuaderno donde anotaba poemas sobre cosas tan aparentemente insustanciales, como el polvo flotando en el primer rayo de luz que entraba en la cocina, llevaba significativamente en la portada el título *Epifanías*. Porque la poesía es un ritual de invocación de lo que es sagrado fuera de la religión. La revelación de la belleza. Pero también ritual de invocación de otros mitos. Incluyendo los mitos nacionalistas del siglo XX.

Robert Frost fue el gran constructor de la mitología norteamericana de los bosques. Y en sus palabras, en su magnánimo retrato de los bosques, algunos políticos como John F. Kennedy vieron una metáfora, delirante para nosotros, del destino manifiesto de su país. La grandeza de los bosques norteamericanos como imagen de la grandeza de la nación. Walt Whitman lo pensó muchos años antes pero fue Robert Frost quien lo hizo casi sin querer. Aunque, paradójicamente, él más bien le cantaba a las cosas diminutas. Si, muy pequeñas pero inmensamente significativas. Un pájaro, una rama, una sonrisa. Aunque de pronto el pájaro, en otro poema, se vuelve el guardián del umbral del bosque.

Un poema de su libro *Un árbol testigo* cuenta que una noche que se paró a la orilla del bosque para mirar las estrellas, un pájaro cantaba y aunque estaba a punto de atardecer, dentro del bosque estaba muy obscuro. "Demasiado para un pájaro".

> La última luz del sol
> que se ocultaba en el oeste
> vivió el tiempo de otra melodía
> en el pecho del pájaro cantor.

Para su sorpresa, al terminar su canción solar el pájaro se hunde en la obscuridad, como llamado por ella. Y el poeta, temeroso, no lo sigue.

> Yo no entraría
> aunque me hubiesen llamado
> y nadie lo hizo.

Pocas sensaciones son tan envolventes, intensas y sutiles para el cuerpo como la de entrar a un bosque.

Yo que fui habitante del desierto y de las ciudades me he sentido siempre conmovido por los bosques al penetrarlos. A su vez el bosque entra en mí profundamente. ¿Cómo puedo describir esa experiencia? Trato de encontrar sensaciones equivalentes para hacerlo.

Algunas veces, al cruzar el umbral de bosques muy tupidos, he podido comparar drásticamente esa experiencia con la sensación de entrar al agua. Toda la piel es tocada y se estremece. Hay un cambio drástico de temperatura. La luz se requiebra y la vista de lejos y de cerca se altera. Hasta la respiración es de pronto más difícil o más consciente. Pero como no se puede sacar la cabeza para respirar como sí se puede sacar del agua, nos adaptamos a esa respiración distinta, llena de olores y consistencias.

Estamos entre lo más denso de los árboles como si estuviéramos sumergidos y fuéramos de pronto anfibios. El bosque nos transforma. Nos adapta a sus formas, a las maneras de su existencia. Nos hace desarrollar una sensibilidad más apropiada para vivirlo desde el momento en que nos hundimos entre árboles, hojas y sombras, humedad y ruidos. Entra en nuestro cuerpo y lo modifica sensorialmente.

Y algo más extraño todavía, en el bosque como en el agua la ley de gravedad pareciera tratarnos con menor crudeza: como si la materia tuviera otro peso. Esa ilusión se debe tal vez al hecho de que la luz más intensa nos orienta hacia lo más alto de los árboles, nos toma metafóricamente de la mano llevándonos literalmente por los ojos hacia arriba, más allá de las copas. Como cuando sumergidos en el mar vemos arriba la luz, más allá de la orilla del agua.

Se siente la necesidad de ascender y tocar las nubes. El bosque, con su teatro de sombras y claroscuros, entre ramas y raíces aéreas, crea el deseo y la ilusión de hacer flotar nuestra presencia. La paradoja del bosque: inmersión y ascensión suceden al mismo tiempo.

Entrar al bosque es como entrar a la noche y sus misterios o como cruzar la puerta de una catedral gótica, pura composición de claroscuros. Es entrar a los pliegues de una sombra y dejarse guiar por la luz del misterio hacia una posible, incierta, insinuante, sensorialmente anhelada revelación.

Coda desértica

Nada se compara con la experiencia de abrir los ojos y estar en el desierto. La palabra desierto despierta en mí un remolino de imágenes, sensaciones, recuerdos, experiencias. Y creo que sólo teniéndolas se comprende el vínculo entre el desierto y la espiritualidad. Viví en el desierto de Sonora, en el territorio de la Baja California Sur, cuando era muy pequeño. El recuerdo más antiguo que tengo está vinculado a los misterios del desierto, a las impresiones que dejó en ese niño. Pero yo había olvidado escenas, personas, ideas. Y ni siquiera sabía que las había olvidado. Hasta que, inesperadamente, en otro desierto, en el Sahara, recordé de golpe mi primera infancia en el desierto. Yo viví un puente de arena entre dos paisajes del mundo que transformaron mi idea e imagen de lo que era y soy al modificar mis recuerdos.

Desde que vi la película de Buñuel *Simón del desierto*, me ha intrigado la extravagancia de quien decidió construir una columna en medio del desierto, lo más alta posible, y subirse a ella para vivir en soledad un contacto más cercano con dios. Eso hizo san Simón en las afueras de Alepo, en la actual Siria, y durante 39 años vivió arriba. Comenzó sobre una columna de unos cuantos metros y terminó en una de quince metros. Y en cuanto pude hacerlo fui a visitar Alepo y especialmente ese sitio, hoy en ruinas. Y estando ahí uno entiende ese mensaje sin palabras que nos ofrece el desierto obligándonos a tratar de salir de nosotros mismos, a ir un poco más allá, hacia arriba. Si no en cuerpo sí en espíritu.

El escritor norteamericano Paul Bowles, que vivió primero brevemente en México y luego en Marruecos una buena parte de su vida, describe así la experiencia transformadora del desierto:

"Dejas detrás de ti la puerta del fuerte o de la ciudad, pasas por donde descansan los camellos, subes a las dunas o vas a las llanuras pedregosas y te quedas ahí, solo. En ese momento te da un escalofrío y regresas corriendo a refugiarte en las murallas. O te quedas afuera permitiendo que te suceda algo muy especial: algo por lo que han pasado todos los que viven en el desierto y que los franceses llaman 'el bautizo de la soledad'. […] Porque nadie que haya estado en el Sahara algún tiempo es exactamente el mismo que era cuando llegó."

El poder transformador del desierto es su arma espiritual, sin duda. Y sucede en todo tipo de desierto. Porque en el mundo hay una variedad de ellos. Y, curiosamente, estando apartados y aislados algunos entre ellos se comunican por puentes extraños. Uno de esos puentes de arena es nuestra imaginación. Yo he tratado de construir uno entre el desierto de Sonora y el Sahara. Y he encontrado más de un motivo, historia e imágenes para hacerlo.

Una de esas visiones de la fuerza del paisaje me obsesiona. Hay un tipo de bosques, en las ciudades fronterizas del Sahara, que son utilizados para frenar al desierto. Una vez al año, las ciudades son embestidas por vientos tremendos. Es el caso de Mogador, en la costa Atlántica de Marruecos. Donde las dunas, con sus hilos de arena en la punta, se metían en la ciudad y poco a poco la iban tomando. En los barrios del norte, donde era el barrio judío, todavía hay casas abandonadas que sólo la arena habita.

Alguien tuvo la idea de anclar las dunas que amenazaban a la ciudad. Trataron de hacerlo con diferentes árboles, algunos muy altos, pero siempre la duna los cubría y terminaba por devorarlos. Hasta que se dieron cuenta de que había una conífera extraña, no muy alta, la thuya, que tiene una raíz que se atrofia y se vuelve una bola tremenda. La usan para las artesanías de la ciudad, es muy olorosa y de vetas muy ricas. Pero además, nunca se la comen las dunas porque tiene la cualidad de casi flotar en ellas: no se ata al fondo, se eleva o baja con la duna. Ahora un bosque de thuyas bajas rodea a Mogador por donde antes se metían las dunas y al acercarse a la ciudad la carretera permite verlo desde arriba, con sus copas frondosas y abultadas, y da la impresión de estar viendo dunas verdes. Un mar de árboles que se mueven como un oleaje detenido. Una visión única.

En la misma ciudad que es una puerta del Sahara, descubrí un extraño jardín mexicano que un canadiense llevó cacto por cacto desde México. Una bella anomalía puesto que en el norte de África no existen ese tipo de plantas. Y eso me recordó uno de los descubrimientos del paisaje mexicano que había tenido algunos años antes.

Estábamos en una carretera vecinal, entre Puebla y Oaxaca. Mi amigo Jorge decidió llevarme a ver un poco del México profundo antes de que yo volara a Europa una semana más tarde. Y lo que me mostró nunca se me olvidaría.

Tenía el plan de quedarme un año fuera estudiando una maestría. Mi novia ya estaba allá y, de hecho, mi motivación principal era alcanzarla. Pero en vez de un año nos quedamos ocho. Todo ese tiempo, la imagen más inquieta y viva de México venía del día que desperté en el desierto, en medio de un bosque de cactus que se extendía hasta el horizonte. Habíamos llegado ahí de noche. Era sólo el lugar donde el cansancio nos indicó que deberíamos detenernos. Acampamos agotados sin poder darnos cuenta de la inmensidad de espinas que nos rodeaba. Cualquiera con un poco de malestar dentro del cuerpo lo hubiera sentido como un infierno. Para nosotros era una revelación poética. Los órganos, al lado de nosotros y erguidos uno tras otro hacia todos los horizontes, eran una multitud, un ejército, una reunión masiva de presencias inquietantes: una de las imágenes más conmovedoras que me ha sido dado ver.

En ese instante comprendí la fuerza tremenda que el desierto ejerce sobre las almas místicas. Y cómo es posible experimentar ante el desierto eso que Borges llamaba, y mi amiga de Marruecos Oumama Aouad me lo recuerda: "el vértigo horizontal". La espiritualidad del desierto está vinculada con esa sensación vertiginosa. Y cuando se leen los relatos de los misioneros que penetraron el norte de la Nueva España estableciendo misiones en los sitios más inesperados, entre pueblos nómadas, sembrando olivos y aprendiendo las lenguas de los pobladores, se entiende de qué manera el paisaje desértico era un motivador espiritual en su delirante empresa evangelizadora. El desierto los conmueve y se apropia de ellos como una amante amorosa impulsándolos a continuar su misión, su búsqueda espiritual. En algunos, la extensión del desierto contrastada con su soledad diminuta los hace pensar en el desierto como una expresión de la inmensidad divina que los acoge con dificultades y pruebas en su seno. En términos de San Juan de la Cruz, el desierto es el amado al que tienden sus almas incendiadas. El paisaje desértico, desde el punto de vista espiritual, es visión de lo inconmensurable, remanso y reto. Pero a la vez es fuego.

16. Cinco cartas de amor
como paisajes de desvelo

1. Verte es partir en caravana

Desde el insomnio, un sueño despierto es un umbral, una puerta hacia el desierto, una promesa de infierno o paraíso. Otro reino a lo lejos: un anhelo y un misterio. Un sueño es despertar y descubrirse en caravana.

Y toda entrada o salida primordial hacia el desierto es siempre imagen palpitante de tu cuerpo: ¿es espejismo tu comisura vertical, el arco doble y almendrado de tus piernas, la boca de tus vientos marinos, tus ojos que al mirar me invitan a salir de mí para observarte con más calma, entrando en el delirio que fluye cálido y profundo en la noche iluminada de tu cuerpo?

Voy de mi sombra hacia el resplandor solar de tu presencia. Tocar tu piel es conocer la frontera entre un mundo encandilado y la noche que llevas dentro. La que de nuevo me ordena como la llama al insecto: ven.

Cabalgo en mi estatura dromedaria, cabeza sin cabeza, trote sin prisa ni compostura, como un sueño con sed y sin aliento que parte en caravana desquiciada. Obedezco.

2. Con las sombras como cimientos

Quiero levantar un edificio en el desierto cuya sombra caiga sobre las dunas con delicada firmeza, como mi mano oscura cuando acaricia tu piel.

Que avance lenta durante el día pero con tal constancia que esa sombra peine a las dunas como lo hace el viento, dibujando en ellas la memoria clara de sus mil y un dedos hasta la siguiente caricia.

Un edificio que mire abierto al cielo como lo hace una escalera, incrustándose paso a paso en la inmensidad inalcanzable. Como un sueño que se vuelve metódico y persiste en su empeño.

Una columna vertebral de pasos ciegos, con un improbable estanque que la refleje en su base como si brotara de la humedad del oasis. Y en la punta un mirador más alto que las murallas y los palacios y los templos del reino vecino. Y un árbol solitario e igualmente imposible que desde el horizonte le grite su complicidad sedienta, su culto solitario al sol, sus largos y variados diálogos con las estrellas.

3. El sueño es vegetal tenaz e inesperado

¿Qué fue primero, el muro o la raíz que lo sostiene? ¿El techo que entronca o el tronco que techa? Una semilla, un día, germina en donde menos se esperaba. El tiempo hace de lo nuevo y sorprendente un firme edificio de venosa extrañeza, de belleza radical, insostenible como proyecto humano, indestructible como si no existiera. Una fuerza natural guía esta germinación mural, como ciertos deseos insospechados que nunca son hijos del plan sino del instinto. El tiempo y la humedad germinan hasta en las piedras más indiferentes. Y el deseo, incluso si no es deseado, echa raíces, cubre ventanas, se asoma por la puerta inocente o con cinismo, como si nada extraño sucediera. Y un día hasta el cielo y la luz son intrusos. La maraña de raíces gotea, todo lo inunda con sus hilos, como una lluvia muy lenta y enredada que no cesa, que no tiene prisa y toma posesión a sus anchas mientras sigue creciendo.

4. Circos concéntricos

En ti crece mi cuerpo; y este edificio en el mundo. Como una flor vertical que inquieta al cielo. Día a día se levanta y, en la boca de quienes lo habitan, su crecimiento se compara a un constante abrir de pétalos que cantan. Hojas labiales que se esfuerzan por adelgazar infinitamente su alta perspectiva. Es raro un edificio que se comporta como personas amándose: convirtiéndose en piel concéntrica unos de otros.

Allá a lo lejos, arriba, el edificio lanza un sonido delgado, como un silbato cansado. Como un suspiro triste, dicen otros. Es el esfuerzo de los últimos muros que se abren para formar su nuevo círculo, afirman sus constructores, vanguardia de una arquitectura postfutura que construye ilusión con sensaciones, muros sin fin que la gente asegura que a lo lejos alcanza a ver.

Su crecimiento es un espejismo. Es un edificio ciudad que siembra en quienes cruzan sus muros la certeza de que juntos, todos los seres contenidos en el circo universal de allá adentro, pueden algún día acceder al cielo. Circo, demagogia, esperanza: la *Polis* esencial, concéntrica y fugaz.

5. Magma animal

Un mar de lava ruge en las noches al pie del observatorio donde nos damos cita. Del lugar secreto donde nuestras pasiones pueden por fin expresarse, reconocerse y crecer sin ser vistas ni juzgadas. Ahí nos concentramos en recorrer nuestros cuerpos, en darnos la felicidad de ir al fondo de nosotros mismos. Y, así concentrados, al principio no nos dimos cuenta de que cada caricia iba despertando a ese río de lava que parecía muerto. Yo había oído de amantes que escucharon claramente rugidos de leones mientras hacían el amor en hoteles clandestinos. Pero nunca supe de lava animal que despertara al animarse la sangre enamorada. Y peor aún, esta lava se levanta como un oleaje lento y decidido a ser montaña por encima de nosotros. Cuando lo vemos nos atemoriza. Casi nos devora. Pero en el fondo nos alegra saber que tan sólo es la forma de la pasión que nos une en la cima de nuestro mundo apasionado. Si estas líneas se interrumpen, será porque esa lava enrojecida de deseo: nuestra espuma incandescente levantándose, habrá avanzado hasta mi lengua erguida como un observatorio en tu montaña, deseoso de hundirse en ti, ciego ante la certeza del silencio mineral que siempre impone el fuego de los amantes.

Cinco
Elogio de ciudades insomnes

Los otros embajadores me informan sobre carestías,
catástrofes, conjuras. ¿Y tú? Dijo el Gran Kan a Marco Polo,
vuelves de ciudades lejanas y todo lo que sabes decirme
son los pensamientos del que toma el fresco
por la noche sentado en el umbral de su casa.

Italo Calvino

17. Luna creciente en el barrio de las hilanderas de Fez

El laberinto de la ciudad repentinamente se resolvía en la confluencia de tres callejuelas que así formaban una plazuela inesperada y diminuta. La penumbra del lento anochecer se volvía luminosa e imponía una extraña sensación de umbral, de etapa que comienza. Como si hubiéramos llegado al centro de un escenario iluminado, a una meta abierta donde algo comenzaría a suceder. Y así fue.

En ese cruce de callejuelas estaba una de las 369 fuentes de la ciudad. Por lo tanto, punto de encuentro de los vecinos de ese barrio de hilanderas, bordadoras y tapiceros. La fuente cantaba ronca su caída de agua sobre una pileta casi oculta a la izquierda. Era extraña porque era doble: dos veces su múltiple mandala de azulejos coloridos estaba enmarcado por dos arcos casi ojivales al pie de los cuales se extendía una banca que podía haber sido una pileta más antigua. Los niños jugaban, se hacían los bravucones, se perseguían o se sentaban en la fuente. Y de pronto, mi amigo Eliot Weiberger y yo nos dimos cuenta de que la luna en el cielo tenía en ese momento la forma exacta de la luna de cobre que reinaba sobre la torre del templo: la luna islámica que coronaba el minarete. Los niños que jugaban frente a la fuente se dieron cuenta también y comenzaron a disputarse quién la había visto primero. Se supone que cuando la luna en el cielo y la luna negra de la torre coinciden de esa manera, el primero que la mira obtiene *baraka:* una oleada de buena suerte, un momento favorable indicado por la composición de los astros, un poder invisible que lo hace afortunado.

Pero el niño, más grande que los otros, a quien todos fes-
tejaban por haber sido el primero confesó que me había
visto mirando hacia arriba y tomando esta fotografía. Que
por lo tanto yo había sido el primero. Y como una oleada de risas blancas como espuma y gritos arremolinados
en la palabra mágica *"baraka, baraka"*, se vinieron sobre
mí todos los niños para tocarme, para rozar sus mangas

con las mías y así adquirir algo de la *baraka* que se supone yo tenía. Todo duró unos instantes. Quienes venían con nosotros, inmersos ya en lo que sucedía en el taller de tapiceros que había calle abajo, ni siquiera alcanzaron a percibir completamente lo que acababa de suceder. Y los niños se retiraron, como las olas, más lentos pero decididos, siempre sonrientes diciéndome en voz más tranquila: gracias, gracias: *shukran, shukran, shukran*. Sólo se pusieron serios de nuevo al posar para mi fotografía.

La baraka y la luna

Fez, la del lenguaje de mil niveles secretos, me mostró de golpe, no a la vuelta de una esquina porque casi no las hay, sino bajo el aura de una antigua fuente de azulejos, el gesto enigmático de la luna y la baraka.

  Yo no hubiera entendido lo que hacían los niños cuando querían tocarme buscando el contagio de la *baraka* si mi amiga Oumama Aouad no me lo hubiera ex-

plicado hace tiempo. La *baraka* es una súbita bendición sobrenatural. Más que suerte es un destino que se adquiere de pronto. Por bendición divina. Es poderosa fortuna: los santos y santones, los *marabouts*, tienen *baraka* y la tienen sus santuarios, sus acciones y sus cosas. Que se vuelven reliquias o amuletos, como la *Jamsa* o mano poderosa que tiene *baraka* porque es también Mano de Fatma, la hija del profeta. Un poder único y extremo que además se hereda. Quienes han salido asombrosamente ilesos de catástrofes o sobreviven situaciones extremas es porque tienen *baraka*. El rey Hassan, al escapar fabulosamente de dos golpes de Estado donde peligraba seriamente su vida, adquirió *baraka* a los ojos de su pueblo, incluidos enemigos y amigos. La *baraka* es un aura sobrenatural.

La *baraka* cotidiana es explicada por el escritor Abdellah Taia en su libro *Mon Maroc (Mi Marruecos)*, donde cuenta cómo, siendo estudiante en Ginebra, trataba de tocar subrepticiamente a su admirado profesor de literatura Jean Starobinski cuando se entrevistó por primera vez con él. Quería contagiarse de su *baraka*. "En Marruecos, cuando alguien logra algo, cuando alguien tiene un éxito, ponemos en contacto su ropa con la nuestra para quedarnos con algo de ese logro, algo de su *baraka*. En la universidad, en mayo, cuando se anuncian los resultados de los exámenes, los estudiantes que sacan las mejores notas se dejan tocar tranquilamente por los que reprobaron... es un ritual al que adhieren todos, hombres y mujeres."

En el mismo libro, Taia dice de manera clara lo que significa convivir con esa aura espiritual de quienes admiramos, queremos y dan sentido a nuestros pasos: "No vivimos tan sólo con las personas físicas que nos rodean, también se vive en compañía de aquellos que adoramos y cuya mirada y sensibilidad admiramos. Evolucionamos con ellos y gracias a ellos." Una de esas presencias orientadoras, en mi relación con Marruecos, ha sido Oumama Aouad. Y ella me explicó también el significado poderoso de la luna creciente. Me mostró que en árabe hay incluso una palabra especial para nombrarla. Así como hay 99 palabras distintas para designar cada una de las diferencias sutiles del amor, hay muchas palabras distintas para nombrar a la luna en sus fases y posiciones en el cielo. La luna llena se llama *Al-badr*. La luna creciente, en su primer día se llama *Al-hilal*. Cada día tiene un nombre distinto. Y su crecimiento es símbolo de una evolución hacia algo mejor. Y de ahí que se considere afortunado estar bajo su existencia.

Normalmente, en los minaretes, en lo más alto de las torres desde donde el almuecín llama a la oración, uno de los cuernos de la luna creciente de metal señala la dirección de la meca. Y con frecuencia, como en esta fotografía, bajo la luna hay tres esferas metálicas. Cada una simboliza un mundo: el material, el espiritual y el de los ángeles.

El tiempo musulmán se mide con un calendario lunar. Y el Corán habla del sol como "la otra luna". Y cuando se quiere hablar de la santidad del profeta, se cita la escena de una luna partida a la mitad por Mahoma y dando vueltas alrededor de la gran Piedra Negra, la Kaba de la Meca. Tal y como lo hacen los fieles. Lo describe la Surata LIV del Corán. Aunque la luna creciente se ha convertido en símbolo del Islam y está en el escudo de muchos países árabes, su origen es otomano, es decir turco, y muy probablemente tomado de Bizancio. Como lo atestiguan los mosaicos figurativos sobre la gran mezquita de Damasco, que antes fuera un templo bizantino.

La luna se vincula al destino desde tiempos muy antiguos y en muchas culturas. Escribí sobre eso en el ensayo, "Marguerite Yourcenar: la hilandera de la luna", que se puede leer en *Con la literatura en el cuerpo* (Taurus y Claustro de Sor Juana, nueva edición 2008). Las hilanderas de la luna eran sacerdotisas que tenían en sus manos los hilos de varias vidas, tomados de los hilos de plata que sólo ellas sabían desenredar de la luna. En algunas culturas, afirma Mircea Eliade, los hombres temían el momento nocturno en el que las mujeres se ponían a tejer. Las fuerzas más tremendas de la vida se desataban tomando cauces imprevistos. Porque "La luna hila el tiempo y teje las existencias". Y ahí estábamos, justamente en el barrio de las hilanderas de Fez, mirando a la luna en perfecta geometría con sus representaciones sagradas: una epifanía. El universo crea por un instante una composición exacta. Quien por casualidad la mira y admira obtiene *baraka, se* beneficia de su fuerza y su poder: por lo pronto el poder de una visión, de una composición poética de las cosas.

18. Bajo el poder del viento en la ciudad del deseo

> No dormí toda la noche, por puro placer,
> sin cintar ovejas ni escuchar campanas,
> dando la bienvenida a la confabulación del amanecer.
> ROBERT GRAVES

En la vecina ciudad de Marrakech, los contadores de historias de la Plaza Jmá El-Fná afirman que para llegar a la ciudad de Essaouira-Mogador lo más conveniente es encomendarse a los espíritus del viento. Que ellos son los verdaderos amos de la ciudad amurallada. Y también de nuestro destino cuando vamos hacia ella.

Antes se necesitaban más de doce días para que una caravana llegara a la casi isla de Mogador desde la Ciudad Imperial. Ahora cualquier automóvil requiere por lo menos dos horas y media para cruzar los 176 kilómetros que las separan. Ya no hay que esperar a que baje la marea para entrar a ella por tierra, ni a que suba y haya viento favorable para entrar por mar. Sin embargo, Essaouira sigue siendo dominada por los vientos alisios. Y no es extraño ver a los mogadorianos entrar a la ciudad saludando a una corriente de aire con un gesto rápido de la mano que antes tocó su corazón, como los cristianos en otras tierras se persignan al pasar frente a una iglesia. Gesto sutil que es fiel al nombre de la ciudad en berebere, lengua de sus más antiguos pobladores: Tassourt, «la poseída por el viento».

De Marrakech hacia Essaouira se tiene una probada del desierto: horizontes ocres, extendidos, y esporádica arquitectura de tierra, siempre camaleónica. Luego aparecen pueblos tras humildes arcadas, campos de olivos y de arganos. Y finalmente se llega a los bosques de thuya (*Tetraclinis articulata*), árbol pequeño de raíz ancha y muy olorosa que es la materia prima de la principal artesanía del puerto: la madera labrada y la taracea. A diferencia de otros árboles la thuya no se deja sumergir bajo las dunas devoradoras, como si flotara siempre por encima de ellas. Por eso ha sido sembrada para anclar a las dunas que no dejaban de meterse en la ciudad y amenazaban su existencia. Ahora, esas dunas con su piel de thuya forman un mar verde de oleaje detenido que anuncia a Essaouira.

La ciudad nueva no es interesante. Salvo la extensa y ancha playa que bordearemos en parte antes de alcanzar las murallas y que es paraíso de surfeadores y navegantes de la plancha a vela. Tres kilómetros de arena en una generosa bahía protegida por el puerto, sus astilleros amurallados y las dos torres almenadas que la coronan. Al centro de la bahía, dominando el horizonte y nuestra atención, se extienden las Islas Purpurinas. Sólo un kilómetro las separa del puerto. Una fortaleza en ruinas y una célebre prisión son huellas de la agitada historia de este sitio. Desde ahí, en 1844, la armada francesa, con el Príncipe de Joinville a la cabeza, sitió a Mogador tratando inútilmente de poseerla. Un poeta romántico la llamó entonces «La inaccesible». Pero de hecho estuvo en manos de portugueses, franceses, españoles y fue codiciado refugio de piratas. Desde el siglo V antes de Cristo los cartagineses extraían un tesoro de sus costas: el tinte púrpura que sólo podían pagarse reyes y emperadores. Según Aristóteles valía veinte veces más que el oro. Se obtiene ordeñando a un caracol marino, el *Murex tinctorum* que en las islas Purpurinas tiene uno de sus escasos refugios. Ahora también son reserva de aves preciosas, como el halcón Eleonora.

El camino nos deja al pie de la muralla, frente a la Puerta del León o Bab Sbá. Hasta ahí llegan los automóviles. Todo lo que sigue se hace a pie y ese es uno de los encantos de Essaouira. Al cruzar la puerta estamos en la antigua Kasbah del Rey, un palacio fortaleza ahora desaparecido del que quedan varios edificios que alguna vez formaron un centro administrativo y el antiguo patio del palacio. La rectilínea y estrecha calle del Cairo, con sus escasas dos cuadras de largo, alberga a la oficina de turismo, algunas galerías de arte, un discreto cuartel de policía y el centro cultural más activo de la ciudad, Dar Souiri. Su patio central «a la andaluza» es sede continua de conciertos de cámara y de una nueva biblioteca sobre Essaouira.

La calle se desvanece casi sin sentirlo para dejarnos ante una vía transversal muy ancha cuyas dos terceras partes son jardín: el Mechuar. Era el antiguo patio vestibular de un palacio desaparecido convertido en avenida breve pero nada angosta. Al frente, una nueva muralla se levanta diciéndonos que la ciudad está hecha de pliegues sucesivos. A su pie una hilera de palmeras corre apacible dialogando con sus sombras sobre el muro color de arena. Este ámbito nos ofrece tres puertas amuralladas para salir de él, que son tres maneras distintas de conocer Essaouira: por su columna vertebral, su piel o sus entrañas. Por la puerta de la derecha esta calle se aleja recta hacia el horizonte. Un río de gente camina y compra y vende en esa perspectiva que nos absorbe. Cruza la ciudad de un extremo al otro, nos hace experimentar el placer de perdernos entre la gente. Mientras más se avanza hay menos turistas y más se ve a los suiris-mogadorianos en su propio comercio. Esta calle va cambiando de nombre pero todos insisten en llamarla Haddada, «De los herreros». Cruza el fabuloso mercado El Jedid, un cuadrángulo cuatro veces concéntrico que recupera la sensación de laberinto aun con sus líneas rectas. Se retoma esta avenida, que es columna vertebral de Mogador, hasta llegar a la puerta norte, Bab Dukkala, y se sale de la ciudad. Ahí está la estación de calandrias alineadas que pueden llevarnos de un extremo al otro del puerto por afuera de las murallas. Los suiris las usan como taxis mucho más que los turistas, que casi no llegan a este extremo de la ciudad. No es extraño ver a un herrero con su fuelle y forja portátiles reparando herraduras en cualquier esquina. Una huella ligera del oficio que alguna vez dio nombre a esta avenida.

Algunos metros más adelante se pasa frente al antiguo cementerio cristiano en ruinas con altos muros que esconden su centenaria decadencia. Después, de un lado y otro de la calle, el enigmático Cementerio Marino cuya extraña belleza geométrica da testimonio de los siglos en que la población judía de Mogador fue casi mayoritaria. Los bloques rectangulares de cemento con el oleaje al fondo parecen haber sido agitados por un terremoto; en realidad es el sismo del tiempo. Estos bloques rectangulares hacen pensar en el Memorial del Holocausto recién construido en Berlín cuya composición parece eco moderno de este secreto rincón mogadoriano.

Si regresamos a la calle del Cairo y en vez de tomar a la derecha seguimos de frente, cruzaremos la Puerta del Reloj, Bab L'Magana, para entrar en las segundas murallas. Nos acoge una plazuela cubierta a la mitad de lámparas y alfombras sobre las cuales una numerosa familia de gatos posa para los turistas. Dos callejuelas laberínticas salen de la plaza y cada una a su manera nos lleva a las entrañas de la ciudad. Entre comercios previsibles van surgiendo las escenas cotidianas. Los niños saliendo de la escuela en alboroto, las mujeres a la entrada del baño público, el Hammam, que es uno de sus lugares de encuentro. Vemos a dos de ellas cruzar profundas miradas de complicidad. Más adelante, en una esquina, una mujer le hace a otra un tatuaje de henna en la mano que es claramente un mapa estilizado de la ciudad. Aquí podemos experimentar constantemente el placer de lo inesperado, incluso el placer de extraviarse. Tarde o temprano se mira al cielo, se encuentra un minarete conocido y se recupera la orientación. O tarde o temprano se llega felizmente a donde no se iba.

Si desde la calle del Cairo tomamos hacia la izquierda entraremos a Essaouira por su piel: más visible pero no menos profunda. Bab El Menzeh es una puerta triple con salón en el segundo piso (El Menzeh significa Pabellón). Su techo antiguo, un bello artesonado de madera, es uno de los

tesoros secretos de la ciudad. Casi ningún turista lo conoce. Al cruzar sus tres arcos se está a un lado de la plaza Moulay Hassan, la más amplia de Essaouira. Lugar constante de conciertos. A la izquierda, un jardín de araucarias se entreteje con los puestos donde fríen sardinas. Uno elige de una canasta fresca lo que quiere que le asen. Más adelante se llega a la fortificación del puerto. Una flota pesquera siempre activa teje y limpia sus redes, repara los cascos de sus barcos, participa en las subastas cotidianas. La belleza del astillero es completamente artesanal. Y obviamente hay un vínculo entre el hecho de que el oficio de carpintero sea protagonista en estos astilleros y que la artesanía principal de Essaouira sea hecha en madera. La continua pero pausada vitalidad portuaria, la dimensión humana y modesta de sus navíos, una sensación de taller antiguo viviendo casi fuera del tiempo, son rasgos profundos de Essaouira. Y de espaldas a todo esto, desde una de las torres almenadas, se tiene de golpe una visión arrebatada de la ciudad al fondo. Entre gaviotas bravas, sus casas blancas, sus minaretes, son como espuma contenida por las murallas ocres mordidas por el mar.

Regresamos para buscar el camino hacia el bastión norte de la muralla. A la izquierda de los cafés que se extienden en la plaza, una calle muy estrecha y muy discreta no da indicio alguno de aquello a lo que conduce. De un lado la muralla, del otro comercios y tapices colgados. Se llama Derb Sqala. La callejuela gira y se abre a unos quinientos metros sobre una puerta y una rampa. Ella nos asciende hacia la majestuosa Sqala de la Kasbah, donde una larga hilera de cañones apunta al horizonte. Entre ellos, algunos fabricados en Barcelona. Lo que alguna vez fue arquitectura de guerra hoy es paseo de adolescentes enamorados que miran al mar y se ocultan en las almenas de los gruesos muros.

El bastión redondo donde culmina la Sqala es prácticamente la quilla de la ciudad amurallada lanzada al Atlántico. Una nave de piedra delirante que sin quitar ni añadir nada sirvió de escenario a Orson Wells para su filmación de *Othello* en 1947; y más recientemente a Liam Neeson para escenificar el puerto de Malta desde el cual partió hacia las Cruzadas en *Kingdom of Heaven*, del 2005.

Dicen que esta asombrosa arquitectura militar ha vivido más películas que batallas. No en balde existe porque en la segunda mitad del siglo XVII la deseó de golpe un soñador poderoso, el sultán Mohamed Ben Abdallah. La antigua Mogador fue elegida por él en contra de los puertos vecinos de Agadir al sur y El Jedida al norte (la Mazagán recién liberada de los portugueses) para ser reconstruida, fundada de nuevo y convertirse en punta de lanza de un sueño de modernización comercial, poder económico y político. Varios arquitectos bajo el plan maestro de un prisionero francés, Théodore Cornut, le dieron a la ciudad el contorno que ahora tiene. Siguiendo la escuela del arquitecto militar francés Vauban y con Saint Malo en la mente dotaron a la ciudad de un sistema inexpugnable de defensa con ocho bastiones en mar y tierra. También trazaron algunas líneas rectas dentro de la ciudad desenredando laberintos en apariencia pero en realidad haciéndolos sutiles. Por eso la arquitectura de Essaouira es distinta, como de otro país.

El sultán exigió que las potencias europeas construyeran consulados en Mogador y dio enormes facilidades a comerciantes judíos para que establecieran en la nueva ciudad un centro de operaciones que vinculara activamente a Marruecos con los principales mercados europeos y asiáticos por mar y subsaharianos por tierra. Y les otorgó el título protector de «Negociantes del Rey». Instaló en la ciudad una guardia de africanos subsaharianos que están en el origen de los rituales gnauas. Un muy sincrético mestizaje del animismo negro y del culto a santos islámicos. Especie de santería norafricana que produjo una música ritual notable que induce al trance y está presente en la ciudad a nivel profundo, en la más recóndita vida espiritual de los mogadorianos. Incluso hay una pintura naif de Essaouira, muy extendida y valorada, que se vincula a los gnauas.

Desde los sesentas Mogador fue ciudad fetiche de la cultura hippie y sus reflujos. Abundan fotos de Jimmy Hendrix y Bob Marley en las paredes de los restaurantes al lado de sus propietarios. No deja de haber artistas que llegan por unos días y se quedan para siempre. Tres festivales son eje de la vida cultural de la ciudad. Uno de música clásica en primavera, otro muy popular de fusiones alrededor de la música gnaua en verano y el más interesante y original que vincula culturalmente a Mogador con España y con varios países de América: el Festival de las Andalucías Atlánticas.

El sueño cosmopolita del sultán Mohamed Ben Abdallah se sigue realizando de otra manera. Su poder fue diluido y enterrado pero su deseo arquitectónico y urbano nos llega como un don a través de los siglos cuidadosamente pulido por las manos del viento, y nos permite habitarlo. Las piedras de su sueño nos alegran.

•••

Hacia el sur, los casi 180 kilómetros que separan a Essaouira-Mogador de Agadir tienen una geografía muy variada y no se pueden recorrer en menos de tres horas. Mientras al norte la población habla árabe, los chiadma, al sur habitan los haha, que hablan berbere. Y aunque paisaje y pueblos tienen su discreto encanto, el mayor atractivo de esta ruta es el encuentro inesperado con algún bosque de arganos y un rebaño de cabras montadas en sus copas. No son invento torpe de un epígono más del realismo mágico ni de un trasnochado surrealista. Las cabras al sur de Mogador están en los árboles. Se alimentan de su follaje y de sus frutos ante la ausencia de yerbas en el suelo.

El argano mismo es asombroso. Es una de esas milenarias plantas del desierto que los científicos llaman derrochadoras. Encuentran agua donde es muy escasa, flo-

recen y dan frutos donde otras plantas perecen. Sus raíces crecen con más velocidad que sus ramas y alcanzan hasta veinte metros de profundidad. De su fruto se extrae un aceite que se unta y se come. Es ya un reconocido tesoro gastronómico. Se le atribuyen más cualidades que al aceite de oliva y lo recomiendan en tratamientos del cáncer de próstata. En los hammams se habla sobre todo de sus poderes sobre la vitalidad de la piel y de algunas cualidades afrodisiacas. Se entiende por qué es un árbol simbólico y forma parte de rituales berberes propiciatorios de fertilidad.

Los bosques de arganos (*Argania spinosa*) van desde el norte de Essaouira hasta el sur de Agadir y son uno de los tesoros naturales de Marruecos. Varias cooperativas de mujeres arganeras pueden ser visitadas en el camino. Generalmente se anuncian en la carretera. Hay una a cuarenta kilómetros de Essaouira y otra a sesenta. Se puede ver la transformación de la fruta en aceite, en jabón o en *amadú:* una mezcla de aceite con almendras molidas para untar en pan. A la sombra de los arganos han crecido por siglos las poblaciones de esta zona costera y el aceite ha dado fluidez a sus diversos apetitos. Aquí, cuando alguien muestra deseos desmesurados se dice simplemente que «las cabras se le montaron al argano».

19. Amanecer en Bali

En Bali me hicieron una de las preguntas más difíciles y extrañas que he recibido. Fue durante el festival de escritores de la ciudad de Ubud. Una periodista comenzó su entrevista diciéndome: ¿Qué tipo de ofrenda son sus libros? No entendí por qué decía "ofrenda". Otra mujer que venía con ella y que conocía algunos de mis textos le había sugerido la pregunta. Era australiana pero conocía muy bien Bali. Sacó de su bolsa la revista que contiene el programa del festival y me mostró el logo: una ofrenda de libros puestos sobre un recipiente con pedestal, de los que se usan en los templos de esa isla en ocasiones especiales para hacer ofrendas de fruta: "Aquí —me dijo—, los libros son ofrendas, como las flores y los frutos y las galletas de arroz y el incienso." Ante mi mirada escéptica aclaró: "los buenos libros". Y ya con franco tono de reproche: "¿Cuánto tiempo llevas aquí? ¿No te has dado cuenta de que hay una ciudad de Ubud invisible y otra visible? Y lo que las une son las ofrendas. ¿No te has dado cuenta de que toda la ciudad de Ubud está llena de ofrendas?".

Y era lo que había notado la mañana anterior, la primera que amanecíamos en Bali. Había salido muy temprano del hotel para tratar de comprar un traje de baño. Pero todos los comercios estaban cerrados. Nuestro hotel, el rústico y cordial Ubud Inn, un jardín con hotel más que un hotel con jardín, está al sur de la ciudad, sobre una calle que se llama El Camino del Bosque de los Monos (*Monkey Forest Road*). Uno de los dos ejes de la ciudad. Se extiende desde el bosque donde viven cientos de monos y tienen su santuario, hasta el Palacio de Ubud, más o menos dos kilómetros arriba. Frente al palacio está el mercado y hacia allá caminé con la esperanza de encontrar alguna tienda abierta. Pero incluso el enorme mercado, que en casi todas las ciudades abre los ojos antes que nadie y palpita con prisa, estaba casi quieto.

Lo curioso es que había gente en la calle, prácticamente enfrente de cada puerta, pero se dedicaban a algo que me pareció extraño. Colocaban unos platitos pequeños de palma tejida, normalmente cuadrados, en los que había flores de tres colores y un hojita con un poco de arroz al vapor. En algunos, una piedra de río, una galleta de arroz o un caramelo. En casi todos, incienso ardiendo. La calle entera olía delicioso. Un verdadero paisaje de aromas.

Los platitos olorosos estaban por todas partes, a media banqueta o en el umbral, en un altar levantado sobre tarimas improvisadas o encima de las esculturas de piedra que representan a dioses y demonios guardianes de las casas. Las ofrendas se acumulaban unas sobre otras o convivían en hileras. Hasta dentro de las fuentes dibujaban como ofrenda una especie de mandala con pétalos flotantes. Y frente a algunas casas hay medias columnas barrocas que sólo existen para poner las ofrendas. En cada campo de arroz, una ofrenda. Y las hay con forma de banderines, de estelas de paja, de figuras tejidas en palma que cuelgan de una lanza que se dobla al viento.

El primer plato de paja que me encontré tenía las flores secas y la palma amarillenta. Era claramente de otro día. ¿Eso significaba que lo hacían todos los días? En efecto, todos los días la gente pone estas ofrendas en la calle, dentro de las casas, en las oficinas, en los automóviles, especialmente en los taxis. Hasta en el mostrador del banco donde fui a cambiar dinero me encontré una en cada ventanilla.

Comencé a preguntar a quién le ponían esas ofrendas. Y aprendí que había espíritus que se arrastran y espíritus más altos y otros que vuelan. Y que cada ofrenda
es un lenguaje de amistad con los innumerables espíritus
poderosos que hay en cada cosa. Y es necesario proteger
cada puerta, cada ventana, cada ocasión de recibir el enojo
de los dioses y espíritus. A diferencia del resto de Indonesia que es mayoritariamente islámica, en Bali se vive una
mezcla peculiar de budismo, hinduismo y animismo. Pensamientos religiosos compatibles e imbricados. Pero que
fluyen gracias a ese animismo total: todo tiene dentro un
ánima poderosa. Y a cada una hay que ofrecer un alimento
de símbolos: flores de los colores de Brahma, Shiva y Vishnu,
la triada mayor de los dioses hinduistas; arroz sobre hojas
de plátano, comida material y espiritual al mismo tiempo. Incienso porque el olor y el humo son los conductos
por los que navegan mejor las plegarias y los gestos de los
humanos hacia arriba, donde están las ánimas. Hacia el
reino de los soplos.

En otros sitios de Indonesia, notablemente en Java,
donde se cree en la existencia de esa realidad paralela, se
acepta que en Bali los espíritus están notablemente más
contentos que en otras partes. "Están bien alimentados y
nunca se les maltrata", dicen muy seguros. "Y los espíritus
de Ubud nos responden con la misma moneda".

Miles de ofrendas parecen multiplicarse como hon-
gos en la ciudad. Objetos propiciatorios del buen desarrollo de la vida. Constancias del pacto entre lo de allá y lo
de acá. Garantía del equilibrio entre el bien y el mal, lo
obscuro y lo luminoso.

Una forma de esa armonía se manifiesta también
en la manera en que están distribuidos los espacios dentro de una casa y las casas en la ciudad, con sus innumerables jardines y arrozales. Porque Ubud es una verdadera
trenza de flores, campos en terrazas inundadas y templos.
Miguel Covarrubias, que todo aquí lo vio con pasión y

curiosidad, lo explica y lo dibuja en su excelente ensayo
Isla de Bali.

Y no es lo mismo vivir de un lado del arrozal o del
otro. Una mudanza sin sentido es algo que no se hace, explica mi amiga Janet De Neefe en su bello libro *Fragrant
Rice, my continuing love affair with Bali.* Dice que algunas
mujeres pasan hasta el treinta por ciento de su tiempo pre-
parando ofrendas. Por eso las vemos en los mercados tejiendo canastitas de palma entre cada cliente. Las vemos
en la calle llevando sobre la cabeza o en brazos la canasta
en forma de charola llena de pequeñas ofrendas que irán
poniendo aquí y allá, según una ruta precisa y obedeciendo a los puntos cardinales de la cosmología balinesa. Cada
vez que ponen una hacen los gestos rituales de mover la
mano, con una flor entre los dedos, abanicando tres veces
la esencia de la ofrenda hacia los espíritus. En los templos,
además, un momento de recogimiento se impone. Los
templos son plazas con sitios abiertos para poner ofrendas. Todo es altar, la barda, la figura del dios hinduista al
que se dedica el templo, y hasta el árbol que evoca al que
le dio sombra a Buda cuando tuvo su iluminación.

Hay una enorme variedad de ofrendas para diferentes ocasiones obedeciendo a un código riguroso y con
nombres distintos. Hay algunas que son como pirámides
enormes de frutas y flores para las bodas y los entierros.
Aparecen en la pintura balinesa tanto como en la vida.
Hay otras ofrendas que se hacen al nacer los niños, y que
incluyen un entierro de la placenta bajo una piedra en el
portal de la casa. Como cuenta que hizo, cuando nacie-
ron sus hijos, Janet De Neefe. Otra ofrenda necesaria, según me dijeron cuando la vi extrañado, es poner sobre las
puntas agresivas de una planta de aloe cascarones de huevo
que las domen. Hasta los bellos y sorprendentes textiles que
hacen ahí (y hay sobresalientes tejedoras en buena parte de
Indonesia) comienzan siempre con una puntada ritual que
consideran una ofrenda. El nudo propiciatorio. Y ya se sabe

que, simbólicamente, al tejer una tela se tejen destinos, se teje al mundo. Tejer, como vivir unos con otros entretejidos también con lo divino, implica siempre hacer ofrendas. Las ofrendas dan firmeza a la trama de la vida.

Pero aun reconociendo la existencia tenaz de las ofrendas en Ubud, yo no podía responder a la pregunta de la periodista sobre qué tipo de ofrenda, eran mis libros. Pedí a la periodista australiana que nos explicara lo que había pensado: "Sus libros, me parece, dijo mirándome a los ojos, son ofrendas a las fuerzas más terribles y peligrosas que nos habitan. Las fuerzas que pueden ser muy luminosas o muy obscuras: las del amor erótico. Pero sus libros también son ofrendas al espíritu de aventura y sutileza entre los amantes, al espíritu de sorpresa enamorada. Sí, son ofrendas al espíritu del fuego en la carne y al espíritu del asombro entre los amantes." Me recomendó enfáticamente que leyera un libro de Fred Eiseman que se llama *Bali, sekala y neskala*. Es decir, *Bali, lo visible y lo invisible*. Una recopilación de ensayos sobre artes y rituales de Bali. Ya había terminado cuando recordó los títulos de mis libros y me dijo, de nuevo como reproche: "¿Y cómo? Usted dedicó cada uno de sus libros a uno de los elementos: agua, tierra, fuego y aire. Pensé que lo había hecho intencionalmente, como ofrendas a los espíritus que hay en cada unos de esos elemento. ¿No fue así?"

Cambié la conversación para no desilusionarla. Le dije que, de manera más general, todo arte y especialmente las artes plásticas son un puente que nos lleva de lo visible a lo invisible, de lo tangible hacia aquello que lo rebasa, que lo trasciende.

Me dijo: "No me entiende. Cada libro, si está vivo, invoca, provoca, apacigua, alegra algo en nosotros que es un espíritu que pudiera volverse en nuestra contra o a nuestro favor. Un festival literario como éste, con tantos escritores y tantos libros, es como un aquelarre de espíritus. Y cada uno de los que asistimos a él elegimos los nuestros. Compramos los libros y los llevamos con nosotros por algo que tiene que ver con lo invisible en nuestras vidas. Un libro es una ofrenda y un ritual. Uno de los suyos, por ejemplo, *Los nombres del aire*, me ayudó a ser más feliz con una novia al poner en nuestras bocas nuevas palabras para nombrar nuestro amor."

No cabe duda de que viajar con los libros bajo el brazo a sitios de culturas distintas se convierte en una confirmación personal de lo imprevisible y variado que es el acto de leer. Yo nunca hubiera pensado en mis libros como ofrendas para provocar la armonía entre dioses y espíritus del cuerpo. La armonía amorosa entre el mal y el bien que mueve a los amantes. Entre lo salvaje y lo tierno, lo inesperado y lo cotidiano. Pero, sin que yo hubiera podido imaginarlo siquiera, ella los había convertido también en eso. Una vez más comprobé que, con incienso tal vez en esta ocasión, el escritor invoca al fuego pero el lector lo enciende.

20. Un jardín de arroz entre los ojos

En una ciudad de Bali entretejida de arrozales y jardines, una mujer bellísima, Ayú, cultiva el más extraño que yo he visto: con miel, entre ceja y ceja, se pegaba nueve granos de arroz. Pregunté a mi amigo Katut sobre esa extravagancia. Él tiene un puesto de granos en el mercado. Sonrió, suplicándome que yo nunca contara lo que él estaba a punto de mostrarme. Seguimos discretamente a Ayú, hasta una casa de masajes que se encuentra en la Calle del Bosque de los Monos. Se entra por un patio de muros bajos de ladrillo, que es un templo. Detrás de una columna escuchamos a otra mujer que le preguntó en tono de burla:

¿Ya regresó tu dios azul?

Ayú, indignada, no respondía. Pero cada tarde alquilaba una de las terrazas de masaje y esperaba...

¿A su amante?, pregunté.

No, está convencida de que Shiva mismo vino a hacerle un masaje la otra noche. Tan profundo que le tocó el corazón, por dentro.

¿Cómo, por dentro?

Sí, la semana antepasada, que hubo luna llena, Ayú vino a tomar un masaje. Se instaló desnuda en la sala que usa siempre pero se durmió esperando. Yo terminé mi trabajo en el arrozal, prosiguió Katut, y vine a tomar mi clase semanal de masaje. También olvidé que en luna llena todos los empleados aquí se van al templo principal de la ciudad. Cantan y bailan y hacen ofrendas por un par de horas. Entré por error a donde Ayú dormía y, sin mirarme, dio órdenes tan firmes que pensé que era mi nueva maestra. Las seguí con esmero. Tanto que los dos fuimos muy felices.

Nos amamos y nos quedamos dormidos. Cuando regresaban las masajistas, las escuche reír en el patio de entrada, me di cuenta del equívoco y escapé en silencio antes de que nadie me viera. Cuando Ayú despertó yo me había ido. Ellas le juraron que nadie estuvo ahí. Que había soñado. Pero Ayú tenía una prueba de la presencia que había hecho florecer sus deseos. De mi camisa habían caído sobre la cama varios granos de arroz y nueve, con mi sudor, quedaron pegados en su frente mientras dormía. Y eso, ella insiste, "en la última luna llena de 1999, es un claro mensaje de Shiva. Una indicación de cómo dirigirse a él, de cómo hacerle ofrendas". Desde entonces Ayú renueva y ofrece ese jardín entre sus ojos. Algunas mujeres en la ciudad ya la imitan. Y hasta algunos hombres también. En cada grano de arroz, observado verticalmente, Ayú ve la representación de un Lingam (el falo del dios Shiva) mágico y diminuto, para llevarlo en la mente y en la frente, y que así le recuerda sin falta su enorme felicidad.

21. La llama de una vela en Tehuantepec

Una voz ronca y pausada me despertó lentamente. Al principio no supe lo que decía. El grano de esa voz profunda como un agujero agitaba mis sueños devorándolos, mezclándose con ellos, haciéndolos desaparecer en la confusión de su torbellino. Poco a poco me fui dando cuenta de que venía del pasillo al que daba mi ventana. Una especie de largo balcón sobre un patio al que abrían todos los cuartos del Hotel Oasis. El calor llegaba hasta mi rostro en bocanadas, como si cada vez que alguien caminaba en el patio empujara hacia nosotros un aire espeso, la puerta de un horno abriéndose de frente. La voz se dirigía a otro hombre que escuchaba casi en silencio, inmerso en aquella historia. Como yo mismo comenzaba de pronto a estarlo:

"Los colgaron de los pies en el árbol grande de la plaza. El que todo el año se llena de flores blancas perfumadas. Como tanta gente los había golpeado, al colgarlos la sangre manchó todas las flores. Desde lejos parecía que una familia de jaguares se había trepado al árbol y estaba esperando para comerse a los bandidos. Pero ya estaban más muertos que vivos aunque todavía pegaban uno que otro grito de dolor desde algún rincón del infierno. Entonces los castraron y les prendieron fuego. Medio árbol ardió todo el día y parte de la noche llevándose todas las flores con las llamas. El olor se quedó pegado en el aire varios meses y todos lo traíamos encima por más que nos bañáramos. Olíamos a basura quemada pero más fuerte. De pronto se mezclaban el olor de las flores y la savia dulce del árbol. Era algo que daba mucho asco pero que luego a ratos gustaba."

Cuando pude levantarme y abrir la persiana no había nadie en el pasillo. Magui despertó entonces y le pregunté si había oído esa historia.

—Soñaste —afirmó sonriendo.

Y yo seriamente lo dudé recordando que varias veces antes había mezclado despertares y sueños.

Habíamos llegado de noche a Tehuantepec, muy tarde y muy cansados del viaje por un camino árido, largo y sinuoso. Durante varias horas la carretera se escurría entre las colinas como una serpiente negra entre tierra de colores ocres y rocas amarillas. Esa noche se celebra una de las fiestas más esperadas en Tehuantepec: "una vela", y los dos hoteles del lugar están llenos. Encontramos un par de cuartos en el Hotel Oasis porque es de la familia de una amiga de nuestra compañera de viaje, Margarita Dalton, directora del Instituto de Cultura del estado de Oaxaca. Su amiga es directora de la casa de la cultura de Tehuantepec.

Magui y Margarita se irán más tarde con ella para que les preste vestidos tradicionales de tehuanas porque ninguna mujer puede entrar a "la vela" si no lleva el vestido típico: enaguas largas enredadas varias veces sobre fondos gruesos y una ancha banda de encaje hasta casi tocar el suelo. Blusa recta de manga corta "a la andaluza" que se llama *huipil* corto y está lleno de grandes flores bordadas, como la falda. Sobre la cabeza y cayendo sobre los hombros y la espalda llevan un encaje blanco cerrado como una falda que se llama *resplandor*. En misa lo llevan de una manera que enmarca a la cara completamente, como un aura blanca; y en la calle de otra manera, más abierta. Es el traje con el que aparece tantas veces Frida Khalo en las fotografías porque lo adoptó como uniforme de su personaje público. En los años treinta y cuarenta la tehuana era el símbolo de una visión romántica de México. El mito de una sociedad matriarcal alimentaba ese símbolo. Serguei

Eisenstein así lo creyó en 1932 y uno de los capítulos de *Qué Viva México* estaba dedicado a las tehuanas. Muestra a la mujer semidesnuda durmiendo en la hamaca mientras el hombre hace el trabajo de la casa y del campo.

De hecho tehuanas y juchitecas exhiben una personalidad marcadamente desenvuelta. Su gestualidad es más segura y su relación con los hombres más activa. Desde el cortejo amoroso la tehuana mira y toca, dice lo que quiere. Además, la belleza de las mujeres del Istmo de Tehuantepec es una de sus certezas.

Tradicionalmente ellas se dedican al comercio y los hombres a las labores del campo. Ellas manejan el dinero y con él la vida hogareña y la de la comunidad. Una mujer legendaria, doña Juana Catalina, es la heroína de la identidad istmeña. Hace casi un siglo era una especie de cacique tutelar de la región. Su casa, residencia enfáticamente capitalina en un entorno de pequeña ciudad rural, se levanta única junto a la vía del tren y al lado del mercado como símbolo de su poder económico y político. Su vínculo amoroso con Porfirio Díaz ha opacado su papel de promotora y líder de su entorno. La gente dice que ella, al frente de los festejos, fijó las reglas del vestido tradicional, el tocado y las joyas que deberían siempre usarse. Un collar de monedas de oro con aretes peculiares, listones y trenzas entretejidas formando un semicírculo sobre la cabeza. Las joyas se compran o se rentan para las fiestas en un puesto especial del mercado, entre las sandalias y las canastas. Muerta hace varias generaciones, doña Juana Cata está presente en todas las fiestas a través de la severa observancia de sus reglas.

Amanece temprano en Tehuantepec. Mientras los demás despiertan Magui y yo salimos a explorar las calles para ver cómo la gente va tejiendo aquí el comienzo de su día. Mientras dejamos nuestro cuarto nos damos cuenta de que está cubierto de suelo a techo con azulejos, incluyendo cama y repisas. Da la impresión de que lo lavan lanzando agua con una manguera. Sólo tienen que quitar el colchón y las sábanas. Es fresco y puede que sea higiénico. Aunque con el calor tremendo que hace aquí, en noches de amor muy agitado el sudor seguramente se condensa en el techo gota a gota. Por lo pronto amanece y ya el calor húmedo entró en todas partes. El mar está muy cerca pero no lo suficiente para que se vea desde donde estamos. Pero viene en el aire con las oleadas de calor.

Estamos a una calle del mercado y de la plaza central, llena de árboles. Instintivamente busco alguno quemado y encuentro uno inmenso al que le falta una parte. ¿Será el de la historia que escuché en la confusión de mis sueños? La plaza está llena de flores. El mercado la rodea por dos lados y la presidencia municipal por un tercero. Parece estar en ruinas reconstruidas; hay muros a medias y nada rodea ya al inmenso patio trasero donde se llevará a cabo la fiesta. Más tarde en el día lo cerrarán con una cerca de alambre.

Caminando hacia el mercado vemos ir y venir a las mujeres con sus cestas de la compra. Llevan casi siempre el pelo suelto y caminan altivas. Una de ellas pasa frente a nosotros como un ser mitológico: sobre una nube en movimiento. Va de pie e inmóvil sobre la parte trasera de una pequeña motocicleta de carga. Es como una carroza romana sin caballos donde esa mujer se sostiene con una mano, orgullosa, de cara al viento.

De pronto aparece entre un ramillete de gente caminando, otra carroza y luego otra. Descubrimos que son taxis de tres ruedas que las mujeres alquilan al salir del mercado. En algunos van dos pasajeras con sus canastas a los pies. Un enjambre de carrozas aparece en la esquina. Van y vienen flotando en el aire sin moverse. Los conductores casi no se ven porque están al frente, dentro de pequeñas cabinas. Ningún automóvil parece disputar la calle a las tehuanas voladoras o caminantes. Su presencia es imponente, extraña e hipnótica.

Llegamos hasta un puesto de zumos en la orilla exterior del mercado, frente a la plaza. Una barra y cinco bancos altos. Con calma nos sentamos a esperar los zumos que pedimos: uno de guayaba, otro de piña con mango. Se oía claramente el ruido de las carrozas. Pero al fondo, muy lejos, se distinguía también otro sonido. Como si una orquesta de aliento, en un radio lejano, se oyera con distorsiones. Después de observarnos elucubrar en falso el barman zumero nos explica: ese ruido viene de la carretera panamericana. Son las bocinas de los grandes camiones cargueros.

Una sola carretera que viene desde Sudamérica cruza Centroamérica y une al norte con todo el subcontinente. Y pasa al lado de Tehuantepec.

—¿Qué siempre tocan cuando pasan por aquí?

El barman se ríe de mí antes de responder lentamente.

—No, justamente tocan porque no pueden pasar. Está bloqueada la carretera…

Iba a decirnos algo más cuando entró a la plaza un camión de soldados. Llegó hasta la orilla del mercado, descendieron haciendo un ruido tremendo con las botas y entraron. Otro camión llegó al instante haciendo lo mismo.

—¿Qué pasa allá adentro?

—Pues nada, lo de siempre en estos casos, que van a lincharlos.

—¿A quiénes?

—A los ladrones. Y con ellos a los tres policías del municipio que trataron de quitárselos para dizque llevarlos a la cárcel. Seguramente para soltarlos con una pequeña o gran mordida como pago. Por lo pronto ya se llevaron una buena golpiza. Aquí la gente pide y se hace justicia cuando la policía le falla. Los taxistas están bloqueando las calles de entrada al pueblo y cerraron la panamericana. Y el colmo es que los soldados vienen a proteger a los ladrones. Qué vergüenza. Todo está de cabeza.

Un tumulto brotó de las entrañas del mercado. Las mujeres golpeaban a los soldados con todo lo que tenían a la mano. Los policías, con los uniformes destrozados, se cubrían la cara y la cabeza con los brazos y trataban de ponerse detrás de los soldados. En esa galaxia de golpes que venía hacia nosotros, los dos ladrones parecían un par de trapos viejos ensangrentados que todos se arrebataban. Finalmente la gente se llevó a uno de los ladrones de nuevo al mercado y lo encerró en una especie de jaula de alambre que se usaba como bodega. Los soldados se llevaron al otro y lo encerraron en las oficinas del municipio.

Una mujer menudita con voz de trueno apareció de pronto entre la multitud y ordenó que todos se callaran. El silencio la hacía más grande. La dejaron hablar seis frases y comenzaron de nuevo los gritos, la rabia, los insultos. Ninguno de los bandos estaba dispuesto a ceder su parte del botín humano.

Entre los gritos simultáneos, la pequeña presidenta no sabía ya a quién escuchar y dio la orden de que la gente del pueblo decidiera ahí mismo quiénes eran sus representantes porque no se podía hablar con todos al mismo tiempo.

—Decidan además qué cosa quieren conseguir. Porque no los van a matar así nada más. Eso ya no vuelve a pasar aquí. No somos animales.

Me pareció comprender entonces de qué hablaba el hombre que sin quererlo me había despertado por la mañana. Y el barman nos aclaró.

—Sí, hace justo un año, el día de "la vela", otros ladrones que no son de aquí (siempre vienen de otros pueblos) quisieron asaltar el puesto de joyas en el mercado. Es una tentación muy grande cuando se dejan impresionar por tanta moneda de oro colgando de las mujeres. Luego ven un puesto pequeño en el mercado y se les hace fácil. La gente los golpeó muchísimo, los castraron, los bañaron en gasolina y colgaditos, todavía medio vivos, les prendieron fuego.

Le señalé el medio árbol que yo había visto.

—No, ese fue de otro año. Ya van como siete árboles quemados en la plaza estos últimos veinte años. Algunos varias veces. Lo bueno es que con este sol y esta humedad todo crece de nuevo. Ya no habría plaza. El del año pasado fue ése.

Y me señaló uno muy grande y sin huellas de incendios o linchamientos, lleno de flores blancas.

—Eso sí, nos aclaró, cuando ya se colgó a alguien de un árbol las muchachas de aquí no quieren para nada sus flores en el pelo. Dicen que les da mala suerte, que luego les roban a los novios.

La presidenta pasó caminando rápido junto a nosotros, los únicos extraños en la plaza, y nos preguntó si éramos periodistas. Cuando le dijimos que no se sintió aliviada y sin despedirse se alejó. Tres pasos más adelanté llamó a un asistente y le ordenó.

—Llévate a los guatemaltecos a la casa de cultura y ahí los entretienes con discursos y bailes. Móntales algo que los tenga quietos, que no se den cuenta de nada.

Pregunté a nuestro barman quiénes eran los guatemaltecos que iban a distraer. Esperaba que no pensara que éramos nosotros.

—Es un grupo de veinte presidentes municipales de Guatemala que están aquí para un congreso, invitados por el gobierno de Oaxaca.

—¿Y van a poder ocultarles esto?

—Sí, la gente que no sabe, no sabe. Por lo mucho van a creer que hay un poco de desorden. Y que vean tanto soldado no ha de ser raro para ellos. Allá está más lleno todavía de soldados en la calle, dicen. Lo malo es que al mero principio del asalto alguien corrió la voz de que los ladrones habían sido unos guatemaltecos y ya iban muchos con palos y antorchas a su hotel cuando unos taxistas agarraron a los verdaderos ladrones en el bloqueo de la carretera. Y se los trajeron entonces al mercado. No sé si ustedes se den cuenta pero no hay más extranjeros hoy que ustedes y los guatemaltecos, y los ladrones. La carretera se cerró y nadie entra ni sale ya. Ni los turistas que quieran venir a la fiesta.

Todo el día Magui y yo paseamos por la ciudad. El mercado era nuestra meta, pero también visitamos la casa de doña Juana Cata, nos la mostró su nieta, que ya es una abuelita. El mobiliario de hace un siglo ocupa los mismos espacios; como fantasmas, las sillas hablan de un gusto lejano, de conversaciones olvidadas, de historias deshilvanadas en la leyenda. Visitamos el convento de Santo Domingo, que es casa de cultura, y sobre todo caminamos por los barrios, cada uno con su pequeña iglesia. En todas partes los preparativos de la fiesta continúan. Cada barrio presentará a su reina en la noche y las orquestas ensayan sus sones. Aquí y allá, por toda la ciudad, se escuchan trozos de la canción que identifica a todos como si fuera un himno regional: *Sandunga*.

Pero en todas partes también vemos las huellas del posible linchamiento. Todo mundo habla de ello y de vez en cuando se escuchan o se ven tumultos corriendo de un lugar al otro. Y las negociaciones con la presidenta se desplazan por toda la pequeña ciudad para escapar de los guatemaltecos, como en una comedia de equívocos. Todos ayudaban. Era como esconder un elefante en un hormiguero con todas las hormigas simulando que no veían nada, y aparentemente lo lograban. La fiesta servía para justificar todas las anomalías. Una señora de Guatemala estaba comprando en el mercado ese queso típico de Oaxaca que ellos llama "quesillo" y que es como una tira larga y delgada de hilos blancos envuelta en sí misma muchas veces hasta formar una bola. Conversando con ella le dijo que eran poco lógicas las explicaciones del caos que le daban. Por ejemplo, sobre la circulación de autos detenida.

Le parecía que eso no ayudaba a los preparativos de la fiesta más bien los entorpecía. La mujer de los quesos simplemente respondió:

—Así somos en Oaxaca, en qué otro lugar del mundo hasta el queso se enreda.

Por la tarde la fila de autos y camiones sobre la carretera seguramente se extendía varios kilómetros. Veinte decían unos, cincuenta otros. Lo cierto es que el escándalo que venía de ese lado del horizonte arreciaba con el día, tanto como el calor, que no tenía reposo. Una buena hamaca para la siesta era naturalmente nuestro pensamiento obsesivo. El calor se come a la gente, le bebe las energías. La gente es el fruto del que se alimenta para seguir creciendo hasta indigestarse y cerrar los ojos. Pero con la noche el calor no disminuye, permanece quieto, ciego, invisible, siempre táctil.

Pero llega la fiesta y se iluminan todas las caras. Las mujeres, orgullosas de su belleza, de sus vestidos, hacen en todo momento desfile. El traje transforma a la tehuana en centro del mundo. O lo hace más evidente. Cubierta de flores bordadas que brotan de las telas es un jardín, el jardín de los jardines. Cuando se mueve es una promesa de paraíso. Su ajuar de monedas de oro anuncia su lugar central en la comunidad, poder y símbolo del mismo. El esplendor dorado de su apariencia la presume como eje del cortejo, de la coquetería, de los preludios de la vida amorosa. Su peinado, su maquillaje, con la preeminencia de los ojos revela su dominio de los códigos de la mirada.

Los hombres vamos vestidos rigurosamente de camisa blanca y pantalón obscuro, algunos con sombrero y paliacate al cuello. El jefe de cada familia se presenta ante la mesa del mayordomo: del encargado de hacer la fiesta, con un cartón de cerveza. Participación simbólica en los gastos de la comunidad, marca de pertenencia a la fiesta de todos.

El son istmeño es un baile pausado, de desplazamientos suaves y elegantes. Las parejas efectúan los rituales de inicio del baile. Los hombres lucen diminutos y frágiles. Con frecuencia las mujeres bailan entre sí juntando sus voluminosas cinturas. Las varias vueltas del refajo hacen que la falda haga más grueso el cuerpo. Ser delgada es sinónimo de fealdad. Las abuelas bailan con las nietas, las hijas con las hermanas. Los pies no se ven porque el vestido debe casi rozar el suelo. En el tocado sobre la cabeza encajan pequeñas banderas de papel. Las más voluminosas se desplazan suavemente, como trasatlánticos maniobrando en la pista de baile como en un puerto.

Ya entrada la madrugada nos enteramos de que la huelga de taxistas había terminado y todos llegaron a un acuerdo. La presidenta entra firme a la fiesta con una sonrisa tan amplia como su don de mando. Viene vestida de fiesta. Todos la saludan, la festejan. Se sienta, como un rey Salomón del trópico y del desierto, en la mesa de los principales. Pero la verdadera reina de la fiesta fue coronada horas antes. Sus corte son las reinas de cada barrio. Le han puesto un trono elevado tras la pista de baile desde donde presencia en silencio, con su corona brillante y su cetro en la mano derecha, todos los detalles de la fiesta.

Los camioneros que llevaban todo el día detenidos en la carretera invaden furiosos la ciudad llevando tan sólo la parte delantera de sus camiones. Hacen un ruido indescriptible con bocinas y motores. Son más de veinte los que rodean el patio donde estamos celebrando y dan vueltas y vueltas alrededor de nosotros. De vez en cuando tocan la misma tonada con las bocinas: una muy conocida en México como un insulto que canta: "chinga tu madre". Decir ese insulto es "refrescársela" a alguien. Nadie en la fiesta se siente aludido y continúan bailando como si nada sucediera. Una señora a mi lado me dice:

—Nos la refrescaron, pero con este calorcito hasta se agradece. Ni la lluvia para esta fiesta.

Como los camioneros siguen haciendo ruido también imperturbables, la presidenta da la orden de subir el volumen de la música. Las bocinas tiemblan. Los vasos sobre la mesa también. El sonido se siente en el cuerpo como si algo nos tocara. Un masaje brusco de vibraciones. Pero la gente sigue bailando como si nada. El exceso de esta música táctil se convierte para todos en una especie de embriaguez. El tono pausado de la fiesta se acelera ante el reto de la agresión camionera y una nueva orquesta, más moderna, entra en acción.

Los camioneros se detienen de golpe para mirar a las tres cantantes de la nueva orquesta en sus diminutos bikinis brillantes. Luego hacen algunas rondas más en sus cajas de inmensas ruedas y desaparecen como si se hubieran diluido en el ruido caótico y descomunal que propiciaron. Mucha gente ni cuenta se da de que se fueron. Cuando se rompen los vidrios de una casa vecina alguien decide bajar el volumen de la música.

Algunos dicen que la fiesta se llama "vela" porque nadie duerme, todos permanecemos en vela toda la noche. Otros por el cirio, la vela, que en las fiestas se ofrece al patrón de la ciudad, del barrio o de la cofradía. En todo caso la salida del sol apaga todas las velas. El sol nos sorprende bailando. Magui quiere que antes de regresar al hotel demos un paseo bajo los árboles perfumados de la plaza. Las carrozas y sus tripulantes todavía duermen. El mercado comienza a despertar lentamente. Algunas jóvenes van directamente de la fiesta a abrir su puesto de verduras o flores.

En la orilla más lejana de la plaza nos parece distinguir un árbol quemado. Se ve que fue anoche y que lo apagaron con tierra y agua. Es inútil preguntar qué pasó, nadie sabe, nadie dirá nada. Manchas que tal vez sean de sangre y aceite se adivinan bajo la tierra echada sobre los adoquines de la plaza y en algunas flores blancas, de pétalos absorbentes. Hasta el barman de los zumos se muestra tajante y evasivo cuando le preguntamos.

—Aquí no pasó nada. Bueno sí, hubo una fiesta. ¿Qué no fueron a la vela? Tienen cara de no haber dormido. ¿O sólo tuvieron insomnio?

Índice de imágenes

Índice

Los nombres del aire

La historia de Fatma, mujer deseante y deseada,
sirve para trazar una aventura y una anatomía de esa
poderosa dimensión de la vida que es el deseo. La
ciudad amurallada de Mogador es el ámbito excepcional
donde crece ese deseo, pero también es la metáfora de
una mujer deseada, mujer ciudad, mujer laberinto.

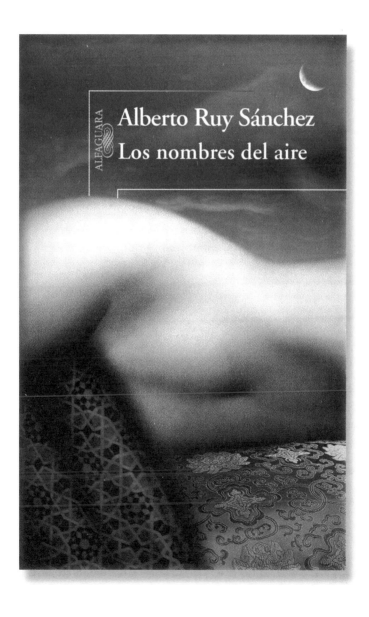

En los labios del agua

Una noche, de pronto y en secreto, tal vez en sueños, unos labios nos cantan las palabras mágicas que transforman nuestros deseos en acciones de búsqueda. El sexo es nuestra brújula inquieta y el cuerpo de los otros nuestro laberinto. Desde ese momento pertenecemos a la casa delirante de Los sonámbulos.

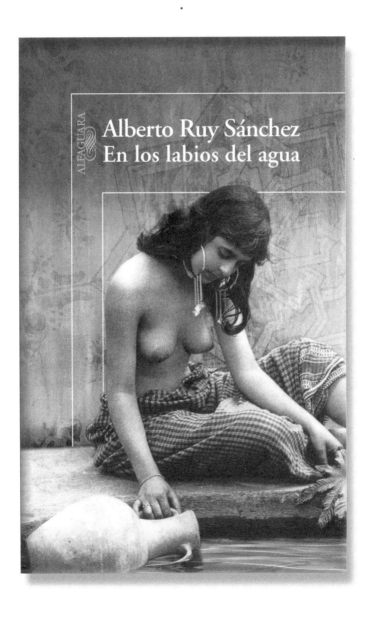

Alberto Ruy Sánchez
En los labios del agua

Los jardines secretos de Mogador

Desesperado por recuperar a su amada, amenazado de muerte erótica, el narrador se ve convertido por ella en "una nueva Shajrazad". Una noche de amor por cada jardín maravilloso que sí exista y que esté bien contado.

La mano del fuego

¿Cuántas caras tiene un hombre hablando del deseo? ¿Cuántas manos? El erotismo es una ilusión. Existe como fantasma escrito en el cuerpo. Su aventura es querer tocar el fuego, soñar despierto, asombrarse, tratar de comprender, equivocarse, acariciar y convertirse en el fuego que está tocando.

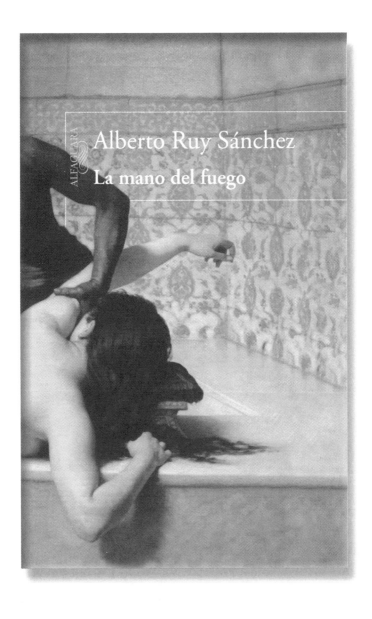

Nueve veces el asombro

En nueve capítulos de nueve fragmentos cada uno,
escuchamos leyendas sobre el origen de Mogador
dentro de nuestra piel, sobre la conducta peculiar de la
luz y el tiempo entre sus murallas, sobre los métodos
que allá usan para cantar sus historias, sobre la severa
dictadura de la piel, el sabor de las palabras, las bibliotecas
sorpresivas y la música elemental del cuerpo.

Este iibro terminó de imprimirse en septiembre de
2011 en Editorial Penagos, S.A. de C.V., Lago Wetter
num. 152, Col. Pensil, C.P.11490, México, D.F.